TAKE
SHOBO

十二番目のいない子扱いの公女ですが、皇太子殿下と溺愛懐妊計画を実行します！

東 万里央

Illustration
なおやみか

蜜猫
MitsuNeko

contents

イラスト／なお　やみか

十二番目のいない子扱いの公女ですが、皇太子殿下と溺愛懐妊計画を実行します！

第一章　皇太子妃になりました！

「エクトール帝国の皇太子殿下に嫁《とつ》げ」

レアは今日も父のフレール大公に執務室に呼び出されたので、てっきりまた弟の公務を押し付けられるのかと思いきや、なんの前触れもなくそう命じられたのだから驚いた。

三年前やはり今と同じ厳《いか》めしい表情で、次期大公となる弟をサポートするために、生涯独り身でいろと命じられたばかりなのに。国家財政が厳しく持参金も用意できないからと。

いつか誰かに嫁ぎ、子を産み育てる——女性として人並みの夢を打ち砕かれ、押し付けられた理不尽な人生を呑《の》み込《こ》むために、十五歳から十八歳の三年かかった。十代の娘にとっては短い年月ではなかった。

そんなレアの心境など知ったことではないのだろう。大公は溜《た》め息《いき》を吐いて額を押さえた。

「事情が変わった。皇帝陛下直々の命令なのだ」

レアの生まれ育ったフレール公国は大陸を支配する大国、エクトール帝国の属国だ。君主国に対して反論や抗議など許されない立場にある。

もちろん、この縁談を断ることもできないのだろう。

そうした事情は把握できたものの、レアにはどうにも理解できないことがあった。

「お父様、質問してよろしいですか」

「許す」

「……皇帝陛下はなぜ私を選んだのでしょう」

フレール公国は属国の小国の中でも取り分け小規模で、経済力、軍事力、技術力も弱い。取り柄は温暖で風光明媚《ふうこうめいび》なところくらいだろうか。

そんなぱっとしない国の公女を娶《めと》って、一体なんの得があるのかと訝《いぶか》しんだのだ。

「お前を選んだというわけではない。大公家の血筋を重視したのだ」

大公家は代々子だくさんかつ健康である。祖父は十人兄弟の長男で父も十人兄弟の長男、そしてレアはなんと十三人姉弟の下から二番目だった。なお、双子の弟が末っ子である。

また、どの子も病気ひとつせず健康で、全員が成人するまで育っている。

大公は言葉を続けた。

「お前も知っているだろうが、エクトール帝国の皇室は代々子が少ない。本家、分家を問わずだ」

本家はとっくに途絶えており、分家が細々と血を繋《つな》いできたが、現皇帝夫妻にも子が生まれていない。他の分家から引き取った男児を養子として迎え、皇太子としている。だが、その分家にもその男児しかいなかったのだという。

「皇帝陛下は皇太子殿下にも子が生まれなかったら……と長年懸念していた」

そこで、多産家系のフレール大公家に白羽の矢が立った。

「だが、あいにく未婚はお前しかいなかった。他の公女は皆婚約するか結婚している。それだけなら密《ひそ》かに離縁させればよかったが、あいにく全員子を産んでいるからな」

「……」

「お前しかいなかった」――大公の残念だといわんばかりの口調に、レアはぐっと拳を握り締めた。

フレール大公家は確かに代々男女問わず多産だが、現大公の子だくさんにはもう一つある特徴がある。とにかく女児が多いのだ。

十三人姉弟のレアの場合、姉・姉・姉・姉・姉・姉・姉・姉・姉・姉・姉・弟という配分である。レアは十二人目の公女で、更に双子の姉弟の片割れでもあった。

フレール大公家は公子がない場合、条件付きで公女でも継げることになっているが、男尊女卑意識の強い大公夫妻はどうしても息子に継がせたかったらしい。

妃との間に男児が生まれるまで頑張った。そして、十八年前レアと双子の弟のアンジェロが誕生したのだ。

アンジェロが男児だと判明したその瞬間、大公は狂喜乱舞し、その日を祝日に制定した。宮廷では連日連夜太子誕生の宴が開かれ、アンジェロと公国の未来に幸あれと皆が祝いの言葉を口にした。

だが、レアが生まれたことを喜ぶ者は誰もいなかった。というよりは、存在自体をすっかり忘れていた。跡継ぎでもない十二番目の公女など、大公夫妻も宮廷もいらなかったのだ。

レアは虐げられることこそなかったが、いない者のように扱われていた。幼子には辛い立場だった。

レアはなんとか大公に認めてもらおうと、必死になって勉強し、政治、経済、外交の知識を身に付けた。

容姿や仕草も磨いた。長い金髪の巻き毛を手入れし、エメラルドグリーンの瞳が映えるようにとドレス選びに気を付け、結果十二人の公女の中でも評判の美姫《びき》となった。賢く美しく非の打ち所のない公女だと。

それでも大公はレアを顧みもしなかったどころか、執務室に呼び出し「アンジェロより目立つな」と叱責したのだ。

『いいか。お前の役目はアンジェロを立てることだ。アンジェロは次期大公となるのだぞ』

『わ、私はただ……』

『女が口答えするな！』

大公はレアを叱責し、やがて顎に手を当て、「なるほど、その手があったか」と頷《うなず》いた。

『レア、それほど私の役に立ちたいなら、アンジェロを任せてやろう。よいか。公私ともども
アンジェロの手足となれ』

以降、レアは弟の影となって公務をこなしてきた。地味で面倒な下準備はすべてレアが整える。表に立って手柄をものにするのはアンジェロだった。

皮肉なことに唯一の公子であるアンジェロは、大公夫妻に蝶《ちょう》よ花《はな》よと甘やかされ、欲しいものを制限されることなく育ったため、何もできないボンクラと化していた。

レアはそのとばっちりを受けたのだ。公務だけならまだよかったが、人生までねじ曲げられることになる。

十五歳のある日、同じくエクトール帝国の属国である、隣国の王子から縁談が持ち込まれた。レアの十一人いる姉は皆十五までには他国の王子なり、国内の貴族の子弟なりと婚約し、十八までには結婚していた。

だが、大公はこの縁談を「レアは病がちだし小柄で出産に耐えられない。子の産めない公女などなんの役にも立たないだろうから」と蹴ったのだ。そして、レアを呼び出し一生アンジェロに尽くせと迫った。

『……お父様、なぜ病がちなどと嘘《うそ》を吐いたのですか？　他国に私を嫁がせたくないのなら、国内の貴族と結婚させればいいだけでしょう。妻となっても宮廷に出向いてちゃんと公務をこなします』

『いいや、許さん』

大公は頑としてレアの意見を聞き入れなかった。

『お前が結婚して子でも生まれてみろ。そちらに夢中になってしまうだろう。お前はアンジェロのことだけ考えていればいいんだ』

この一言には言葉を失った。大公は何一つ恥じることなく、レアにアンジェロのための生贄《いけにえ》になれと迫ったのだから。

『アンジェロには有能な側近を付ければいいのではないですか』

『……アンジェロは素直な子だ。その側近が邪《よこしま》な考えを抱き、アンジェロの懐《ふところ》に入り込んで、政治の実権を握りでもしたらどうする』

そうした事態を防ぐためには、野心など抱くはずもない、双子の姉のレアが一番都合がいいのだと。

レアにそれ上反論などできるはずもなかった。フレール公国は父権が強く、王侯貴族の女性は結婚するまで父親の保護下にあり、従わねばならないとされているからだ。

以来、レアは自分の人生に期待をせず、結婚など考えないようにして生きてきた。

なのに、いきなり君主国の皇太子に嫁げである。

「以前の縁談は私は病がちだと言って断ったでしょう。皇帝陛下はその件はご存じなのですか？」

知っているなら皇太子の結婚相手になど選ばないはずだ。

大公がまた溜め息を吐く。

「陛下は数年をかけて密かにお前を調査させたそうだ」

結果、レアは病がちどころかピンピンしているとバレたのだとか。

「もうお前が嫁ぐしかないんだ。いいか。必ず皇子を生んで我が家と私、アンジェロに便宜を図れ。いいな」

「お父様……」

レアにはもう一つ疑問があった。

「いくら大公家の血筋とはいえ、私が子を産める体だとは限りません」

レアは十二人いる公女の中でも取り分け小柄だ。大公はそれゆえレアの体では出産に耐えられないからと、縁談を断る言い訳に使っていた。

「万が一何年経《た》っても皇太子殿下との間に子が生まれなかったら……」

「その時は……わかっているな」

つまり、大公家の恥とならぬよう自害しろということだ。

大公は絶句するレアを睨《ね》め付《つ》けた。

「大公家に恥を掻《か》かせるなよ」

レアは大公の憎々しげな視線を受けながら、今度はエクトール帝国皇室への生贄になるのかとぼんやりした。

＊＊＊

フレール公国がエクトール帝国に組み込まれたのは二十年前。

それまではエクトール帝国の敵国に臣従していた。その敵国が長年の戦争のすえついにエクトール帝国に滅ぼされたのだ。フレール公国は自動的に帝国の属国とされた。

つまり、過去敵国側と繋がりがあったので、フレール公国は属国の中でも立場が弱い。

今回皇太子妃として迎えられるということだが、実質的には奴隷扱いになるのではないかとレアは不安だった。

少なくとも対等な夫婦関係になれるとは思えない。子が産めなければどんな目に遭わされるのかもわからなかった。

こんな心境では贅《ぜい》を凝らした馬車を派遣されても心躍らない。黒塗りの高級馬車は棺桶《かんおけ》に見えるし、濃紺の軍服を着た護衛たちは葬列にしか見えなかった。

レアは一人馬車に腰を下ろし、窓の外を眺めていた。

フレール公国の山と海が次第に遠ざかっていく。

馬車道の両脇には可憐《かれん》な野の花が咲き誇っている。そんな春の景色を目にしても、レアの心は寂しさに曇ったままだった。

「好きな人と結婚してみたかったな……」

　レアの脳裏に一人の少年の姿が浮かんだ──。


──今から六年前、レアはアンジェロに代わってフレール公国の建国祭に出席した。

本来なら太子であるアンジェロが開会式に顔を出し、祝いの言葉を述べるはずだったが、当日朝になって「行きたくない」と駄々《だだ》をこねたからだ。

そこで、レアが男装して式に臨《のぞ》むことになった。

当時レアとアンジェロは思春期前で、まだ身長も体格も顔立ちも声もよく似ており、レアが亜麻色の鬘《かつら》さえ被ってしまえば見分けがつかなかったのだ。

開会式を無事終えたレアはその後鬘を脱ぎ捨て、こっそり街にお忍びに出掛けた。

本来なら公女が侍女や護衛を付けずに一人歩きをするなど有り得ない。

だが、レアが両親から軽んじられていることは侍女や召使いも知っている。それゆえにレアを気にかけることもなく、世話をさぼることがよくあった。

レアもこの頃になると自分の立ち位置を理解していた。愛し、心配してくれる者などどこにもおらず、アンジェロの影となることしか求められていないことも。

なら、それを逆手に取ってお忍びを満喫しようと考えたのだ。

平民服に着替えていたのもあったが、レアが王宮を抜け出しても、やはり騒ぎ立てる者はいなかった。

レアは寂しさを覚えたものの、期待しても無駄だということはわかっていたので、気持ちを切り替えて屋台がひしめき合っている中央広場に向かった。

『わあ……』

様々な色合いの屋台屋根の下で焼き立てのソーセージや果実を串に刺したデザート、細長い揚げパンが売られている。

軽食だけではなく異国の物品を売る店もあった。

レアはうち一軒の雑貨屋の前で足を止めた。カトラリーなどの生活用品から子どものおもちゃまで様々なものが売られている。エクトール帝国から出店しているらしかった。

大体フルール公国にもあるものだったが、一つだけ見慣れぬものがあったので、腰を屈《かが》めてまじまじと見つめる。

『……？　これは何かしら？』

ドーム形の透明な容器はやはり透明の液体で満たされているらしい。その中にミニチュアの可愛《かわい》い家と何やら得体の知れない白い人形、白い粉のようなものが入れられていた。

『――これはスノードームって言うんだ』

いきなり後ろから話し掛けられ、何者だと驚いて振り返る。

年の頃は十六、七歳だろうか。さらさらの短い黒髪に濃く紫みのあるロイヤルブルーの瞳、すらりと背の高い年上の少年だった。

服装こそ平民向けのシャツとベストにズボンだが、顔立ちがやけに整っているところと身に纏《まと》う品のある雰囲気から、貴族、もしくは富裕層なのだとすぐにわかる。

そんな身分の少年が下町にいるなど不自然過ぎた。

『そ、そうなんですか。知らなかったです』

あやしいとたちまち警戒し、どうやってこの場から逃げだそうかと頭を捻《ひね》る。その間にも少年はスノードームの説明を続けた。

『この白い人形は雪だるまって言うんだ。雪でできている大きな人形で、冬になると子どもたちが遊びで作る』

『ゆき……？』

『そう、この白い粉が雪を模している。これは僕の故郷の風景なんだ』

フレール公国は温暖で雪が降らない。書物の挿絵でしか見たことがなかった。

『本に雪って冷たいって書いてあったわ』

少年がニコリと笑う。

『ああ、冷たい。でも降った直後は柔らかくてすぐ解けて水になる』

なのに、集めてぎゅっと力を込めると、たちまちかたくなって、雪の家を作れるまでになる

のだとか。

『ええっ、こんなに小さくて細かいのに？　もとは水なのに？』

『そう。すごいだろう？　かまくらって言って、中で火を焚《た》くこともできる』

『えっ、溶けてしまわないの？』

『不思議なんだけど溶けないんだ』

普段ないがしろにされているからだろうか。レアはいつしか面倒臭がらずに相手をしてくれる、見知らぬ少年との会話に夢中になっていた。

途中ではっとして気まずくてモジモジしてしまう。

『あ、あの……ごめんなさい。私もう帰らなくちゃ』

『じゃあ、家まで送るよ。それとも、ご両親と旅行に来たのかい？　だったら泊まっているところまで』

ついて来ようとするなどやはりあやしい。

レアは警戒心を新たにして後ずさった。

少年はそれに気付いたのか、苦笑して腰を屈めてレアの耳元に囁《ささや》いた。

『……間違っていたらごめん。君って貴族の令嬢だろう？』

当たらずとも遠からずだったので、心臓がドキリと大きく鳴った。

『ど、どうしてそう思ったの？』

『君、可愛いし上品だし、目立っていたからすぐにわかったよ』

街のチンピラもすぐにレアに目を付け、あとをつけてきていたのだという。

『嘘……私全然気付かなかった』

思わず辺りを見回すと、隣の出店でこちらの様子をうかがっていた、ガラの悪い連中と目が合った。チンピラたちは少年がレアと話し続けていたので、隙を見つけられずにその場でイライラしていたらしい。

レアに警戒されたと知ると、チッと舌打ちをして身を翻《ひるがえ》した。

少年がその背を鋭い目で睨《にら》み付ける。

『まったく、悪い連中はどの国にもいるな』

レアは自分では地味にしてしたつもりだったし、上手《うま》く溶け込めていると思い込んでいたのでショックを受けた。

『お父さんとお母さんはどこだい？　迷子になったのなら一緒に探すよ』

少年にそう尋ねられますます悲しくなってしまう。

『お、お父様は……私を捜していないと思うから……』

アンジェロの身代わりは必要でも、レア自身はいらないのだ。

『そんなことはないだろう』

レアは目をかたく閉じて首を横に振った。

『帰りたくない。まだここにいたい』

　少年はう～んと唸《うな》っていたが、やがて「わかった」と頷いた。

『日が暮れたら帰ると約束してくれるかい？　家まで送ってあげるから。それまでは僕が祭を案内するよ。やっぱり君一人じゃ危ない』

　少年はこの祭には昨年も来たのだと語った
『いいの。だって……その……お兄ちゃんも貴族なんでしょう？　お父様とお母様は心配していないの？』

　今度は少年が目を見開く。

『初めて見た時王子様みたいって思ったもの』

　少年はレアをまじまじと見下ろした。

『参ったな。お互い様ってことか』

　苦笑して中央広場を見回す。

『実は僕はエクトール人なんだ。父上から見聞を広めて来いって言われて、色んな国を回っているところ。護衛は見えないところに控えているし、腕にも覚えがあるから大丈夫だよ』

　エクトール帝国の王侯貴族の子弟が属国内を遊学するのは珍しくない。だからレアはこの言葉を疑わなかった。

『エクトール……じゃあ、君主国の貴族のご令息様ですね。申し訳ございません。今まで気安い言葉遣いで』

少年は十二歳の子どもらしからぬ口調にまた目を見開いた。

『そんなに堅苦しくしなくてもいいよ』

『滅相もございません。私はフレール人ですから』

少年は頑《かたく》ななレアの態度に肩を竦《すく》めた。

『国同士がいくら君主国と属国でも、個人には関係ない。それに、君とはもう友だちになったと思っていたんだけどな』

『えっ……』

友だち――実際に聞いたのは初めてだった。

『仲良く話せるのが友だちだ。だから、僕と君とはもう友だち。だから、そんな風に距離を取ろうとしないでくれると嬉《うれ》しいな』

『ご、ごめんなさい……』

距離を取っていると指摘されて動揺する。

『謝らなくていいよ。それよりほら、遊びに行こう』

少年はくすりと笑って手を差し伸べた。

これまたレアにとっては生まれて初めてのエスコートだった。

『小さな姫君、私の手を取ってくださいませんか？』

『は、はい……』

恐る恐る少年の手を取る。

『僕はユーグ。十七歳になったばかりだ。君は？』

ユーグは姓を名乗らなかった。つまり、身分を隠したいということなのだろう。それはレアも同じだったのでありがたかった。

『れ、レア……』

レアは王侯貴族だけではなく平民にもよくある名だ。だから、名乗っても身分はバレないだろうから差し支えなかった。

『レアか。よく似合っているね』

少年の口から聞くと不思議と自分の名が世界一美しく聞こえた。

『……ありがとう』

こうしてレアはユーグと年の離れた友人となったのだ。


ユーグはその日祭を見終えると、約束通りレアを王宮近くの石橋まで送ってくれた。

『君のお父さんとお母さんは王宮務めなのかい？』

どうやらユーグはレアを宮廷に出入りする臣下の娘だと考えているようだった。まさか、この王宮の主人である大公の娘だとは想像してもいないらしい。普通公女が一人きりでお忍びに出るなど有り得ないのだから当然なのだが。

レアは「……うん」と頷いた。

『ねえ、ユーグ様、ユーグ様はいつまでフレールにいるの？』

『二週間くらいかな。それと、ユーグ様じゃなくてユーグでいいよ』

来月初め、初夏になる頃には隣国に移動するのだとユーグは説明した。

『そうなんだ！　じゃあ……』

また会いたいと口走りそうになり黙り込む。

『あの……あのね……』

今日だって子どもの自分を心配してくれただけなのに、もう一度遊びたいなど我《わ》儘《まま》ではないか――。

両親に甘えられなかったレアは、顔色をうかがうことばかり覚えて、甘え方やねだり方を知らなかった。

何人かの上の姉たちは両親のレアに対する扱いに憤慨し、時折抗議して優しくしてくれたが、今では皆嫁いでおりどうにもできなくなっている。

レアも家を出て妻になった姉たちにそれ以上負担をかけられなかった。

誰にも迷惑をかけてはいけない――それが十二歳のレアの性格の根幹になっていた。

『……』

ユーグがくすりと笑って腰を屈める。

『レア、頼みたいことがあるんだけどいいかい？』

『えっ、何？』

『次の週末にまた一緒に遊んでくれないか。来週末にも頼みたいんだ』

レアはエメラルドグリーンの目を大きく見開いた。

『この町には友だちが君しかいなくてね』

レアの小さな胸がみるみる喜びに満たされる。

『う、うん……。私でいいなら……』

その約束は次会うまでの一週間、寂しさを忘れさせてくれた。

レアはこの時待ち遠しいという思いと、楽しいという感情を知った。

だから、ユーグと別れることになった時、今度は胸を切り裂かれるように悲しかったのだ。

それから二週間後の夕方、ユーグは二人が出会った中央広場で、「今までありがとう」とレアに礼を述べた。

祭も終わったのでもう屋台はない。レアとユーグは真ん中にある噴水の縁に腰かけ、仕事を終えた平民の男性たちが、広場を通って家族の元に帰って行くのを見送った。

二人ともしばらく何も語らずにいたのだが、ユーグが感慨深そうにぽつりと呟《つぶや》く。

『こんなに楽しいのは初めてだったよ』

『う、ううん。ユーグ、私こそありがとう……』

もう二度と会えないのかもしれないと思うと涙が出そうになる。

『ねえ、もう来ないの？』

『……来年もって言いたいけど当分は難しいと思う。父上に国に帰ったらたくさん勉強しろと命じられているから』

ユーグは父上と言っているが、なんとなくそのや口調、「命じられている」という表現から心の距離が感じ取れた。

『……そうなんだ。お勉強頑張ってね』

『レア、ありがとう』

ユーグは優しい眼差《まなざ》しをレアに向けた。深い海の色を思わせる青だった。

『僕には妹がいたんだ。でも、三歳の頃に病気で死んでしまってね。僕の家は子どもが生まれにくいし育ちにくいんだ』

レアはその妹と似たところがあり、成長していればこんな娘になっていたかもしれない――そう思えて嬉しかったのだという。

だが、レアは嬉しいとは思えなかった。

『……？』

胸のモヤモヤの正体がわからずに首を傾《かし》げる。とにかく、妹に似ているから遊んでくれたなんて嬉しくなかった。

しかし、ユーグに悪く思われたくない一心で、「私もお兄ちゃんができたみたいで嬉しかった」と返す。

『私、姉と弟しかいなかったから』

『へえ、レアには姉弟がいるのか。会ってみたかったな』

ユーグは笑いながら肩にかけていたカバンから、ビロードの布をリボンで包んだ何かを取り出した。

『これ、お礼』

『えっ……。ごめんなさい。私、何も用意してなくて』

『君はいいんだよ。ほら』

レアは恐る恐る包みを受け取った。そっとリボンを解いて思わず声を上げる。

『あっ……』

あの日見ていたスノードームだった。

『フレールには雪が降らないだろう。冬になったらこれで気分だけでも味わってくれると嬉しいな』

ユーグの思いやりに涙が出そうになりながら、レアは『ありがとう』とスノードームを抱き締めた。

『私、一生大事にする』

レアはこの時自分は一生フレールでアンジェロの面倒を見るのだから、エクトール帝国に行くことも、雪を見ることもないだろうと諦めていた――。

――今思うとユーグへの感情は初恋だったのだろう。

降り始めの雪のように淡い思いだが、あの温かい思い出は今でもレアを慰めてくれる。

「……」

レアはそっと隣に置いてあったスノードームを手に取った。

いくらいらない子扱いをしていた娘でも、さすがに君主国に嫁がせるとなると、嫁入り道具にも金をかけざるを得なかったらしい。

もう一台の貨物用の馬車には真新しい宝石類やドレス、化粧道具などが詰め込まれている。

だが、レアとしてはこのスノードーム一つで十分だった。

「……どうか皇太子殿下がお優しい方でありますように」

あの日の思い出を笑って聞いてくれるような、そんな人がよかった。

＊＊＊

エクトール帝国皇帝一族の住まう宮殿は、王都から二〇キロほど離れた地にある。

庭園等を含めた敷地はなんと八〇〇ヘクタールあり、宮殿だけでフレール公国よりよほど広かった。

「あ、あの……もう三〇分が過ぎたのですが、宮殿はまだなのでしょうか?」

エクトール帝国に入国した時点で案内役として馬車に同乗した、エクトール人の侍女シャルロットに恐る恐る尋ねる。

シャルロットは二十七歳になる独身だそうで、エクトール人に多い黒髪をきっちりまとめ、灰色の目に度の強い丸眼鏡をかけて、侍女らしい濃紺のドレスを身に纏っていた。

いかにもちゃきちゃき仕事ができそうな、侍女というよりは女教師風の雰囲気である。今後レアの世話係にもなるそうだ。

「もう三〇分ほどで到着しますので少々お待ちくださいませ」

左右には青々とした田園が広がっている。これは農業政策を重視した先代皇帝の趣味らしい。それが終わると今度は庭園で、温室や人工湖が設けられていた。なんと皇族専用の寺院に図書館、動物園に牧場もあるのだとか。

なお、馬車が進む石畳の大通りの北には運河が流れており、東西には大中小の離宮が立てられているそうだ。

圧倒的な広さと贅を凝らした造りに頭がクラクラした。

「我が国の宮殿は素晴らしいでしょう」

侍女の言葉にひたすら賛同するしかなかった。

「はい、それはもう……」

まだ宮殿そのものを見てもいないが、周辺施設だけでこれだけの規模なのだ。息を呑むほど壮麗に違いなかった。

「陛下にもこの広さに相応《ふさわ》しいだけの数のお子様がいらっしゃればよかったのですが」

シャルロットは「レア様」とずずいとレアとの距離を詰めた。

「は、はい。な、なんでしょう？」

少々引きつつも話を聞く。

「どうぞ頑張ってくださいませ。レア様に帝国の未来がかかっております！」

「いや、えっと……」

勢いに呑《の》まれ言葉を失う。

シャルロットはレアに構わず、はっしとその手を握り締めて言葉を続けた。

「何に呪われているのか皇室にはお子様がなかなか生まれません。しかし、十三人姉弟のレア様ならこの事態を打開できるはず！」

「その、こ、子どもは神様からの授かりもので……いくら私でも今後どうなるかまでは……」

レアの声など聞こうともしない。

「よろしいですか。殿下とは毎日同衾《どうきん》してください！　神様が根負けしてお子様を授けてくださるまで！　世の中体力と根性のある者が勝ちます！」

レアは「は、はい……」と答えるしかなかった。

すでに侍女まで自分の腹に期待しているのだと思うと、「義務」と「責任」の二単語がずしりと頭上に伸《の》し掛《か》かる気がした。


その後シャルロットの説明通り、馬車は三〇分かけて宮殿前に到着した。

予想以上の壮麗な建築物に絶句する。

宮殿は完全な左右対称の三階建て。屋根は青灰色に黄金で飾り付けがなされ、等間隔に天使の彫像が設置されている。ベージュの壁は日の光に当たると純白に見え、まさにお伽噺《とぎばなし》に登場する白亜の宮殿だった。

シャルロットがくいと丸眼鏡を上げる。

「当分宮殿内でお一人での行動は慎んでください。迷子になりますので」

宮廷に長年出入りしている貴族でも、宮殿内で道に迷った挙げ句に遭難する事故が毎年何件か起きているのだという。

「そ、遭難!?」

「広い分使われていない部屋や暖炉がない部屋も多くあります。そうした部屋が集まった区画になりますと、冬場ですと寒さで低体温症になることもございますのでご注意を。そうそう、あとで見取り図をお渡ししますので、どこに何があるのか把握しておいてくださいね」

「……」

なんと、ただ暮らすのにすら見取り図が必要なのだ。フレール公国が蟻《あり》ならエクトール帝国は象である。格差があるどころの話では無かった。

レアは改めてとんでもないところに嫁いできてしまったと慄《おのの》いた。

馬車は皇帝の中庭と呼ばれる広場の、皇族専用の出入り口に到着した。

窓から外を見るとすでに出迎えの一行が待機している。ぱっと見て数十人はいた。

特に身なりのいい中年男性は貴族の臣下の一人だろうか。シャルロットと同じドレスを着た侍女やメイドもいる。

途端に緊張で心臓が早鐘を打ち始める。

公女らしくしゃんとしなければと思うのだが、こうも恭しく迎えられると恐縮してしまう。

フレール公国や大公家、父の恥になってはいけないのに。

今までアンジェロの身代わりを務めることで、公の場には慣れているはずなのだ。堂々としていればいいと自分に言い聞かせる。

「それでは、わたくしが先に降りますので」

「わかりました」

シャルロットを見送ったのちなんとか愛想笑いを浮かべる。

「では、レア様降りてください」

レアは「大丈夫、大丈夫」と自分に言い聞かせ、開いた扉から差し入れられた手を取った。

「あら？」

待機していた執事のものではなかったので首を傾げる。もっと若々しく骨張った、指の長い手だった。

その手に目を奪われていたからだろうか。ステップで足を滑らせ前から倒れそうになった。痛みを覚悟して思わず目を閉じる。

「――危ない！」

よく通った青年の声が響き渡る。

レアは次の瞬間、どっと何かに受け止められるのを感じた。

痛みはない。それどころか、心地のいい温かさが伝わってくる。

恐る恐る目を開けると、すぐそばにロイヤルブルーの瞳があった。深い海を思わせる色だった。

優しく誠実そうなこの瞳は、どこかで見たことがあると目を瞬かせる。

瞳の主の青年もレアから視線を逸《そ》らさない。食い入るようにエメラルドグリーンの双眸《そうぼう》を見下ろしている。

最初に言葉を発したのはレアだった。

「あ、ありがとうございます。あなたは……」

青年ははっとすると微笑《ほほえ》んで、レアの肩をそっと掴《つか》んで立たせてくれた。

「よく来てくれたね。僕はユーグ。君の夫となる男だ。僕の妃になる人を迎えに来た」

「あ、ありがとうございます。私はレアです。えっ、ユーグ？」

ユーグはエクトールの王侯貴族によくある名だ。だから、エクトール帝国の皇太子の名がユーグだと聞いても不思議に思わなかった。初恋のユーグと同じ名なら、少しでも好きになれるかもしれないと期待もしていた。

だが目の前の彼は名だけではない。瞳の色も同じだ。五年分成長し、少年から青年になっているが、秀麗な顔立ちも酷似している。

「……もしかして、ユーグなの？」

知らず声が震えた。

ユーグもその一言で確信したのか、腰を屈めてレアの瞳を覗《のぞ》き込《こ》む。

「君は……やはりレアかい？」

ああ、やはり初恋のユーグだった――レアは信じられない思いでロイヤルブルーの双眸を見上げた。

思い掛けない再会から三日後、レアとユーグは宮殿内にある寺院で式を執り行った。七色の光溢《あふ》れる大聖堂内には実に五千人の貴族や聖職者が列席している。

皆に見守られる中一通りの儀式を終え、最後に結婚証書にサインをすることになった。

ユーグに続いて羽ペンを手に取りながら、レアはいまだにこれは夢ではないかと疑っていた。初恋のユーグと再会しただけではなく、そのユーグの正体が結婚相手の皇太子――とても現実だとは信じられなかった。

ぼうっとしている間に式が終わり、千人を収容できる食堂での披露宴も無事終了し、いよいよ初夜である。

入浴中、シャルロットに「レア様！」と名を呼ばれるまで、ユーグのことばかり考えていた。

「あっ、すみません。ちょっとうたた寝をしていて」

シャルロットはレアの髪を洗いつつうんうんと頷いた。

「挙式に披露宴にと大変でしたものね。ですが、これからもっと大変なことになります」

「もっと大変なこととはなんですか？」

シャルロットはすっくと立ち上がると、ビシッと人差し指でレアの頭上を指差した。

「レア様、よろしいですか。始めよければすべてよしという諺《ことわざ》がございます。初夜は夫婦生活の中でもっとも肝心です！　バチッと決めなくてはなりません！」

「は、はあ……」

「ちなみに、夜伽《よとぎ》のやり方はご存知で？」

「はい。一応……」

父の大公は一生嫁がせるつもりはなかったからか、レアに性教育を施そうとしなかった。

結果、エクトール帝国に来るまでの旅路で勉強する羽目になったのだ。なお、勉強といっても貴族令嬢用のハウツー本を読んだくらいなので自信はない。

「黙って寝てればいいんですよね？」

あとは夫となる男性にすべてを任せ、横たわっているだけでいいと。

「途中で痛くなるけど、我慢していればそのうち終わると聞いています」

「……」

シャルロットは曇った丸眼鏡をくいと上げた。レンズの向こうにある灰色の目がキラリと光る。

「……情報不足ですね」

「何が足りないんでしょう？」

「まだ夜伽まで時間はございますから、入浴が終わり次第教えて差し上げます」

シャルロットはレアの入浴や着替え、化粧を終わらせると、自室にレアを連れて行った。

「どうぞ。おかけください」

椅子を勧めて座らせ、本を手渡す。

「あの、これは……」

「夜伽とは男性に一方的に奉仕させるものではございません。五〇ページを開いてください」

「は、はい……って⁉」

レアは目を剥《む》いてそのページを凝視した。

素っ裸の男女が向かい合っている挿絵だったからだ。どうやら今から初めての夜伽を始める夫婦らしい。恐る恐る本のタイトルを確認すると、「セックスで気持ちよくなる方法」と直球だった。

思わず目を背けたものの、「ご覧くださいませ」と圧をかけられ、仕方なく視線をもとに戻す。

シャルロットは女教師ばりに抗議を始めた。

「夜伽は失敗するケースもままあるそうです」

女性が初体験でまだ某所が狭く男性を受け入れられない。逆に男性が初体験で上がってしまってアレが起《た》たなくなる、繋がったまま抜けなくなるエトセトラ。

「うまくいかなかった場合、その体験がトラウマになって、以降セックスレスになる……なんてことも珍しくないそうですよ」

この解説にはレアも真っ青になった。

「でも、同衾しないと子どももできないんですよね？」

「その通りです」

シャルロットが力強く頷いて演説する。

「ですからムードを！　お互いの熱を！　盛り上げながら！　テクニックを行使する必要もあるわけです！　……では、次のページに飛んでください」

レアが恐る恐るページを捲《めく》ると、今度は獣のように四《よ》つん這《ば》いになって、後ろから貫かれている女性の姿が描かれていた。

「初夜で正常位がうまくいかなかった場合、後背位だとすんなり入るケースも多いそうです」

「あ、あの……私が読んだ本には神様に許された体位は正常位だけとあったんですけど……」

「なーにを言っているんですか！」

シャルロットはフンと鼻を鳴らした。

「神が人に課した最大の使命は〝産めよ、増えよ、地に満ちよ〟です。正常位だけに限定していては後背位、騎乗位でしか興奮できない夫婦にいつまで経っても子どもが授からなくなってしまうではありませんか。大丈夫です。それくらい大目に見てくれます」

実に力強い言葉である。

「神にも本音と建て前があるってだけですよ。法律でもよくある義務はあっても罰則はないってやつです。立ちバックでアオカンをしたところで、バチが当たって死後天国に行けなくなるなんてこともございません」

「そ、そうでしょうか」

「そうです！」

シャルロットはきっぱりと断言した。

その後も初めてのセックス講座は続き、夜伽まであと三〇分前になる頃には、レアも一通りの知識を身に付けていた。

「これでバッチリですね。ご健闘をお祈りします」

「が、頑張ります……」

もう講義だけで疲れ果てていたが、今更撤退は許されない。ひたすら前進あるのみだった。


王太子夫妻の寝室は宮殿の東側にあり、夜には月光が、朝には日の光が差し込んで来るのだという。

その夜は満月で煌々《こうこう》とした月明かりが寝室を照らし出していた。

レアはその銀の光を受けながら、一人ベッドに腰かけユーグがやってくるのを待っていた。

「すごく豪華なベッド……」

金糸銀糸の織り込まれた天蓋付きで、芸術的な細工のなされた柱の間で支えられている。座り心地は最高で純白のシーツにはシミ一つなかった。

なお、レアの寝間着は初夜専用のレースのネグリジェである。布地は薄く肌が透けて見えて肌寒く、もはや衣類の機能を果たしていないのではと思ったが、男性のヤル気を出させるものだからこれでいいのだとシャルロットに説明されていた。

それにしても、いよいよ初夜だと思うと、心臓の鼓動が早鐘を打って落ち着けない。扉がコンコンと叩《たた》かれた時には、ベッドからぴょんと跳び上がってしまった。

「は……はいっ！」

「ユーグだ。入ってもいいかい？」

「ど、どうぞ」

ユーグは黒地に金糸の刺繍《ししゅう》の施されたガウンを身に纏っていた。

昔も背が高い少年だと感じていたが、成長してもやはり人並み外れた長身痩躯《そうく》である。レアよりも頭一つ半くらいは高いのではないか。

ゆっくりとレアの隣に腰を下ろす。

「疲れていないかい？」

「だ、大丈夫です」

「……」

くすりと笑って足の上に手を組み、レアのエメラルドグリーンの目を覗き込む。

「敬語はいいよ。これから夫婦になるんだから」

「で、でも……」

「それに、僕たちは友だちだっただろう?」

その一言にレアは胸が一杯になるのを感じた。

ああ、やっぱり初恋のユーグだった――。

再会できた喜びや懐かしさが涙となって目を潤す。

「お、覚えていてくれたの……」

「もちろん。まさか、君がフレール公国の公女だったなんて」

「私もあなたが皇太子殿下なんて思わなかった」

「あの時はごめん。犯罪に巻き込まれるリスクを減らすために、誰にも正体を明かしてはいけないって命じられていたんだ」

「ううん、いいの。私も同じだったから」

ユーグはそれにしてもと改めてレアを見つめた。

「……すごく綺麗《きれい》になったね。あまりに変わっていて、その目の色でなければわからなかったかもしれない」

レアの混じり気のない純粋な、澄んだエメラルドグリーンの瞳は確かに珍しい。同じ色でも端がハシバミ色だったり、中央近くが茶色っぽくなっていたりしていることが多いのだ。

レアは照れ臭くなって目を伏せた。

「あ、ありがとう……。お世辞でも嬉しい」

レアは両親に褒められたことがなかったので、自分の容姿がいいのか悪いのかもよくわからなくなっていた。

「お世辞なんかじゃないよ。昔はあんなに小さかったのにって驚いた」

ロイヤルブルーの瞳に浮かぶ甘い光に心臓がドキリと鳴る。

「僕の妻になる人が君でよかった。父上に結婚相手を決めたって言われた時から、どんな子なんだろうって気になっていたんだ」

フレール公国から送られてきた肖像画で顔立ちや立ち姿は知っていたが、ユーグが気にしていたのは容姿よりもむしろ内面だったので不安だったのだという。

「結婚も皇太子の義務だとはわかっているけど、これから一生をともにするんだ。ちゃんと愛し合える人が良かったから」

愛し合える人と聞いてまた心臓が跳ね上がる。

「ユーグは……私を好きになれそう？」

「というよりは、もう好きになっているかな」

「そ、その……」

「なんだい？」

ユーグに促されておずおずと口にする。

「妹に似ているからじゃなくて？」

「……」

ユーグはふと微笑んでレアの頬《ほお》に触れ、優しくその目元にキスをした。

「妹にはこんなキスはしない」

続いて唇を重ね合わせる。生まれて初めての口付けは優しく甘く、もうそれだけで唇から蕩《とろ》けそうになった。

「レア、君はどうだい？　僕を愛せそうかい？」

尋ねられるまでもない。

「わ、私も……」

――好きと言葉を続けようとしてまた唇を塞がれる。

ユーグは再び距離を取ると、レアの頬を撫《な》でたまま言葉を続けた。

「話しておきたいことがあるんだ」

「な、なあに？」

「僕が分家からの養子だとは聞いているだろう」

「え、ええ……」

「僕の立場をどれだけ美辞麗句で飾っても、結局は皇室の血を繋ぐための種馬でしかない」

「そんな……」

レアもその件については大公から聞いていたので否定できない。

「皇帝陛下が……義父《ちち》が君を僕の妻に選んだのは、フレール大公家が代々多産だからと聞いている。でも、もし子どもが生まれなくても気にすることはないし、君のせいでもない」

皇室は本家筋もユーグが生まれた分家筋も男女を問わず子ができにくい。一世代に一人できればいい方で、運良く二人誕生しても、どちらかは早世することが多いのだとか。自分の妹がいい例だと。

「皇帝陛下と皇后陛下にも子が生まれず僕を引き取った。きっと皇室の血筋そのものに問題があるのだと思う。……呪いみたいだな」

確かに、個人個人が不妊なのは有り得るだろうが、一族全体がというのはあまりない。ユーグが呪いと表現するのも理解できた。

「なら、僕が原因で子が生まれないことも十分に有り得る。……むしろその可能性が高い。君は母親になれないかもしれない。すまない」

レアは「そんな」と首を横に振った。

「ユーグ自身のせいじゃないのに、謝らなくていいわ」

「……ありがとう」

ユーグはレアをそっと胸に抱き寄せた。

「僕は生涯君だけを愛し続けると誓うよ。いつ何時も君の味方で、どんなものからも君を守って見せる」

レアはユーグに抱き締められながら「私も……」と呟く。

「私もずっとユーグの味方でいるわ」

生まれて初めて愛してくれて、守ってくれるというユーグを、レアも大切にしたかった。

ユーグはレアをそっとベッドに横たえた。

純白のシーツの上にレアの黄金の巻き毛がはらりと散る。

ユーグはその毛先を指先に巻き付けて口付けた。

「……怖い？」

「さっきまではちょっと。でも……ユーグなら大丈夫」

レアは手を伸ばしてユーグの直線的なラインを描く頬に触れた。

「それに、頑張れば子どもだって生まれるかもしれないわ。シャルロットが言っていたもの。神様が根負けしてを授けてくださるまで頑張ればいいって」

「なるほど。それは名案だ」

ユーグは笑いながらガウンの腰帯を解いた。ガウンが肩から脱げて厚い胸板が露《あら》わになる。

黒いガウンなので着痩せしていたが、こうして見ると肩幅は広く、腕は長く筋張っていて、腹部は割れてかたそうだ。

無駄なく筋肉の付いた体は女であるレアの体とは随分違っていた。

脱いだのは自分ではないのに、なぜか恥ずかしくなって目を逸らす。

「ご、ごめんね。男の人の体を見るのって初めてで……」

「僕も女の子を抱くのは初めてだよ」

ユーグはレアの鎖骨に口付けながら、ネグリジェ越しにやわやわと左胸を揉《も》み込《こ》んだ。

「あっ……」

「こんなに柔らかいものなのか」

ユーグはレアの体の線を確かめるかのように。その大きな手であちらこちらに触れた。

左の乳房と右の乳房、脇腹、臍《へそ》周り、腿《もも》に臀部《でんぶ》、すらりとしたふくらはぎも。

「ユー、グ……私、なんだか変な気分……」

体が内側から火照ってきている。

ユーグはその間に何度もレアにキスをした。

「レア、脱がせてもいいかい？」

「う、うん……」

夜伽用のネグリジェだったからか、ユーグが前身頃にあるリボンを解いただけで、薄衣がはらりとはだけて白い肌が露わになる。

ユーグは熱っぽい視線でまろやかな曲線を描く乳房を辿《たど》った。

「……綺麗だな」

大きな手が左の乳房を包み込む。同時に、レアの心臓がドキリと鳴った。

「今、ドキってしたかい？」

「……」

レアは涙で潤んだ目で頷いた。

「心臓、壊れちゃいそうになっている……」

「僕もだよ」

ユーグはもう片方の手でレアの手を取り、そっと自分の左胸に押し当てた。厚い筋肉に覆われているのに、確かにユーグの力強い鼓動が伝わってくる。

「うまくできなかったら……ごめん。痛くなったら言ってくれ。すぐに止めるから」

言葉とともに再びやわやわと左乳房を揉《も》みしだく。

動きは緩やかで力も込められていない。なのに、乳房の内部を流れる血が集まって、先端を充血させ火照らせていく。

「あっ……あ……ン」

鼻にかかった喘《あえ》ぎ声を漏らしてしまう。

更に触れられていない右の乳房に唇を当てられると、肩がびくりと反応してしまった。

「ゆー、ぐ。あ、つい……」

ただでさえ熱を帯びていた乳房に口付けられると、そこを中心に更に熱くなって肌がムズムズする。

ユーグは溜め息を吐いてレアに囁きかけた。

「レア、君は今どんな表情をしているのかわかっている？」

「わ、からない……」

「すごく可愛い。これから僕だけしか見られないのだと思うと、もっと可愛く見えるよ」

肌にかかる息が熱く、焼け焦げそうだ。

レアが涙目でそれに耐えていると、不意にピンと立った乳首を口に含まれて目を見開いた。

「や……だぁ……」

口にしてから違うと自分で首を横に振る。

「ちが、うの。嫌、なんじゃなくて……」

「気持ちいい？」

ユーグが舌先でくりくりとそこを責める。

「あっ……」

「レア、どう感じているのか聞かせてくれ」

「……っ」

レアはギュッとシーツを握り締めた。

「きも、ち、いい……」

たった一言答えただけなのに、恥ずかしくなってまた涙が溢れる。

生まれて初めて感じる快感を自覚した途端、すでに熱を持っていた腹の奥がじゅんと反応し、ムズムズしたかと思うと、滾々《こんこん》と蜜を分泌し出した。

「な、に、これ……」

感触からして月のものではない。

シャルロットが用意してくれた「セックスで気持ちよくなる方法」にそれが何かは記載されていたのだが、いざことに及んでしまうと心の余裕がなくて、記憶を手繰り寄せるなど不可能になっていた。

何にせよ羞恥心に襲われる。

足をかたく閉ざしたいのに、逆に力が抜けてしまっている。

弛緩《しかん》した白い足はだらしなく開いて、レアの肢体を扇情的に見せていた。

「レア」

ユーグが不意に顔を上げてレアの頬を撫でる。

「心配しなくてもいい。これは自然な反応だったはずだ」

そう宥《なだ》めながらレアの足の間に手を伸ばし、そっと指先を差し入れた。

「ひゃあっ……」

レアの全身が跳ねる。

潤ったばかりのそこの周辺を二本の指で愛撫《あいぶ》される。濡《ぬ》れた花弁に蜜口の周辺、最後に花心を掻かれると雷が腹の奥から脳髄にまで走った。

「……っ」

あまりの刺激に喘ぎ声すら出ない。代わって、どっと蜜が溢《あふ》れ出てユーグの手を濡らした。

「君は、すごいな。初めてなのに……もうこんなに濡れている」

「……っ」

「僕で感じてくれて、嬉しいよ」

ユーグは欲情と愛情のこもった目でレアを見下ろしながら、「……僕も、もう限界だ」と秀麗な美貌を歪《ゆが》めた。

「もっと、ほぐしてからにしたかったんだけど……」

快感で小刻みに震えるレアの右足を持ち上げる。

「あっ……」

蜜をまだ分泌する淫らなそこに、熱くかたい、確かな質量のある肉塊が押し当てられる。

それが何なのかを察した次の瞬間、ぐぐっと隘路《あいろ》を押し開かれたので絶句した。

「ああっ……」

何かに切り裂かれるような痛みだった。

更にぐっとユーグの腰が押し当てられ、ついにすべてが収まってしまう。

「……っ」

肉の杭《くい》で貫かれたような感覚に慄く。全身がガクガクしてシーツを握り締めることもできない。

ユーグはそんなレアの腰を抱き締めて離さなかった。

「ゆー、ぐ。あ、つい……」

「……僕もだ、レア」

ユーグは顔を歪めながらレアの頬に口付けた。零《こぼ》れ落ちた涙を吸い取って溜め息を吐く。

「痛いかい？　なら、止めよう。君が我慢してまで、することじゃない……」

自身を思いやるその一言に、レアは涙が出そうになった。

「ううん、お願い。続けて……」

「でも」

レアは力を振り絞って手を伸ばし、ユーグの肩と背に回した。

「ユーグ、私も……あなたをほしいの」

「だけど、本当にいいのか？」

「あなたなら、大丈夫」

エメラルドグリーンの双眸が涙で揺れる。それは寂しさではなく喜びの涙だった。

「レア……」

ユーグが再び腰を動かす。

「あ……ン」

レアが痛くないようにと気を遣っているのか、ユーグの動きは穏やかだった。

それでも、内壁を擦られるごとに熱が生まれ、レアの心臓の鼓動もますます速くなっていく。

いつしか痛みは熱さに取って代わられていた。

「あっ……ン。あっ……あっ……」

みずから腰を揺らしてしまう。

そんなレアの反応に気付いたのか、ユーグの動きが次第に激しく、強くなっていった。

「レア……好きだ」

低く掠《かす》れた途切れ途切れの声にレアの耳がゾクゾクする。

「わ、たし……もっ」

ぐぐっと突き上げられ言葉が途切れる。

「きっとこれからもっと好きになる」

「……っ」

ずるりと肉の竿《さお》を引き抜かれ、内壁を逆撫《さかな》でされる感触に肌が粟立《あわだ》つ。

それが快感なのか、不快感なのかを認識する間もなく、再び最奥まで押し入れられて声を失った。

視界の火花が散ってユーグの顔すらまともに見えなくなる。

「あっ……あっ……ユー、ぐぅ……」

レアは堪《たま》らず首を横に振った。汗と涙がシーツに散ってシミを作る。

「……可愛いよ、レア」

ユーグは乱れるレアの顔を見下ろしながら、更に深く最奥を抉《えぐ》った。

こじ開けられる感覚にエメラルドグリーンの目が大きく見開かれる。

「ひゃ……あっ……ふか、いっ……」

繋がる箇所からぐちゅぐちゅと嫌らしい音が聞こえてくる。

こんな音を自分の体が出しているのかと思うと、また羞恥心で体が熱くなってしまった。

その羞恥心もユーグに抱かれるうちに熱で蕩けていく。あとはひたすら甘い噎《むせ》び泣きを漏らし、絶え間なく与え続けられる快感に身を捩《よじ》るだけになっていった。

「あっ……あっ……ゆー、グ……好きぃ……」

身にも心にも激しい波が迫り来るのを感じる。もうユーグのことしか考えられなくなる。やがてそれすら考えられなくなっていく。自身が何者かすらわからなくなる。

「あっ……あああっ……」

「レア……！」

ユーグが堪らないと言ったようにレアの細腰を引き寄せた。

より深く繋がる感覚にレアの肢体がぶるりと震える。

意識が快感で埋め尽くされて真っ白になる。同時に、ユーグも低く呻《うめ》いて背筋を引き攣《つ》らせた。

「あっ……」

灼熱《しゃくねつ》の飛沫《しぶき》を隘路から最奥まで浴びせかけられる。

「んあっ……あっ……ふ……」

レアの肉体が最後の一滴まで搾り取ろうとするかのように収縮を繰り返す。

その動きがよほど気持ちよかったのか、ユーグはレアの中からおのれの分身を引き抜こうとしなかった。

「レア、嬉しいよ、感じてくれて」

「……」

レアはぼんやりとユーグを見上げた。

なんとか応えようとして口を動かしたが力が出ない。やがてレアの意識は生温かい暗闇の中に落ちていった。


エクトール帝国の皇室には奇妙な風習がある。

妃は初夜ののち破瓜《はか》の証であるシーツの鮮血をチェックされ、確かに純潔でしたと太鼓判を押されるのだ。

担当はあのシャルロットだった。

シャルロットはベッドを確認し、「無事終わって良かったです」、と満面の笑みを浮かべた。

「あ、あの……」

ユーグは現在婚姻の儀式がすべて終わり、無事夫婦となったことを養父である皇帝に報告にいっている。

それでもレアは辺りを見回し、他に誰もいないことを確認して、シャルロットに耳打ちして聞いてみた。

「私、全然血が出なかったのに大丈夫なんですか？」

ハウツー本には処女は出血すると書いてあったのに、自分はまったく無傷だったので、純潔を疑われないかと怯《おび》えていたのだ。

「これも慣習に過ぎないですし、血がついてなくても問題ないんですよ。上には適当に報告しておくから大丈夫です。人によるんですよ」

シャルロットは丸眼鏡をくいと上げつつ頷いた。

「純潔でも血が出ない方もいらっしゃれば、経験済みでも長年ご無沙汰ですと、体が堅くなって出血することも珍しくありません」

「そ、そうなんですか？」

「はい。よ～く体がほぐれていて、お相手が床上手ですと、無事終わることもあります」

「と、床上手……」

レアの頬がぽっと赤くなった。

「で、でも、上手になるにはたくさん経験がないといけないんでしょう？　その、ユーグも私も初めてだったんですけど……」

「でしたら、相性がピッタリだったんでしょうね」

シャルロットはうんうんと頷いた。

「あ、相性……」

レアは嵐のような一夜を思い出した。

シャルロットの講義の内容など思い出せないほどの快感だった。達する頃には羞恥心もいつの間にか消え失《う》せていたほどだ。

また、実はあのあと気を失いはしたものの、深夜にユーグと揃《そろ》って目覚め、また盛り上がって抜かずの三発を完遂してしまっている。

「わ、私って……はしたないのかもしれません」

ますます頬を赤くしたレアをまじまじと見て、シャルロットが満足そうに頷く。

「これは近い将来お子様が期待できそうですね。楽しみですわ！」

第二章　うれし恥ずかし里帰り

ユーグは出産には拘《こだわ》らないと言ってくれている。自身も種馬として扱われるのは愉快ではないとも。

レアはその思いやりは嬉しかったが、結婚して二、三ヶ月も経つと、次第に皇子でも皇女でもどちらでもいい。ユーグの子を産みたいと思うようになっていった。

初めからそう考えていたわけではない。

結婚したばかりの頃は、もし将来出産することがあった場合、両親に愛されたことのない自分に、我が子をうまく育てられるのか不安だった。

だが、日々ユーグに大切にされていると、今度はその愛情をユーグだけではなく、誰かに分け与えたいと思うようになってきたのだ。

――その日レアとユーグは公務の一環で、宮殿内大聖堂の改築記念の式典に出席していた。

改築では大聖堂内がより神秘的に見えるよう、全方位に色鮮やかなステンドグラスが嵌《は》め込《こ》まれた。

ステンドグラスは救世主や聖人、聖女の奇跡や殉教のエピソードを描いており、そこから日の光が差し込むとモザイクの床や長椅子が七色に染まり、天国にいる気分になれる。

レアは式典終了後出席者が帰るのを見送ると、ユーグと二人きりになったのを確かめ、あらためて救世主像に向き直った。その場に跪《ひざまず》いて祈りを捧《ささ》げる。

ユーグはレアの祈りが終わるまで隣で待っていてくれた。

「式典中も随分熱心に祈っていたね」

レアは微笑んでユーグを見上げた。

「うん。お願いしたいことがあったから」

「お願い？　それは僕では叶《かな》えられないことかい？」

「……五〇パーセントくらいは協力してもらえるかもしれないわ」

レアはユーグに頼んでいいかどうか迷ったものの、思い切って今の気持ちを打ち明けた。

「あのねユーグ、私あなたの赤ちゃんが産みたいの」

ユーグのロイヤルブルーの目がわずかに見開かれる。

「帝国のためとかフレールのためとか皇室のためとか、そういうのじゃなくて二人の子どもがほしいの」

ユーグに似ていれば嬉しいし、自分そっくりでも構わない。二人ともに似ていたらとんでもなく愛《いと》おしくなるだろう。どんな子でもいい。ユーグとの絆《きずな》の証がほしかった。

「我が儘《まま》言ってごめんなさい。その、あなたが嫌ならいいから」

レアはユーグの目を見ていられずに顔を伏せた。やはり言わなければ良かったと後悔する。

「レア」

だが、肩に手を置かれて恐る恐るユーグを見上げた。

ロイヤルブルーの瞳に浮かぶ光は喜びのそれだった。

「君もそう思っていてくれたなんて」

「えっ……」

「でも、身勝手過ぎると思って言い出せなかったんだ」

ユーグもこの数ヶ月の新婚生活が幸福だったからか、徐々にレアが産む我が子に会ってみたいと思えるようになったのだという。

「……僕が子どもにこだわらないと言ったのは、産む機械扱いされたくなかったからだけじゃない。昔妹を亡くしてしまった時に、こんな思いをするくらいなら、自分も子どもはいらないと思ったからでね。実母は娘を亡くしたショックで悲しみの余り病にかかって亡くなってしまったから」

レアにもそんな思いをさせたくない――そう思って初夜のあの発言に至ったのだという。

「だけど、君と暮らすうちにもっと家族がほしくなってきた。二人でこんなに楽しいのなら、三人、四人ならもっと楽しいに違いないってね」

「ユーグ……」

「君となら乗り越えられる気がするんだ」

二人は熱い視線で見つめ合い、どちらからともなく抱き合った。

「同じことを考えていたなんて、私たち本当に相性ぴったりなのね」

「誰かそんなことを言っていたのか？」

「ええ、シャルロットさんよ」

「それは給金を上げなくちゃな」

くすくすと笑い合い口付けを交わし合う。

大聖堂を支える石柱の一本に寄りかかり、服越しに互いの体を弄《いじ》り合って熱を引き出す。

「ユーグに似た男の子、きっと可愛いでしょうね」

「レアに似た女の子が生まれたら、きっと嫁がせるだなんて考えられないんだろうな」

ユーグはレアの乳房を愛撫しながら、そっと首筋に口付けた。

「今日のドレス、よく似合っているけど、脱がしにくいな」

式典用なので黒一色の飾り気のないデザインで、装飾品はシンプルな真珠のイヤリングと一連ネックレスだけだ。

「やっぱり寝室に行く？」

「……いいや。愛し合う方法はいくらでもあるさ」

ユーグはレアの背を石柱に押し付けた。

「ゆ、ユーグ？」

ドレスのスカートをたくし上げてズロースをずり下ろし、レアの白い右足を片腕でぐっと抱え上げる。

大聖堂内はガラスと大理石造りだからか、宮殿の中でも気温が低い。剥《む》き出《だ》しになった足が寒気でざわりと粟立った。

だが、すぐに寒さどころではなくなる。

ユーグがもう一方の手を伸ばし、ひくひくと生き物のように蠢《うごめ》くそこに触れたからだ。

「あんっ」

ユーグの指先だけでもう感じてしまう。

「で、でも、立ったままって……」

無理があるのではないかと尋ねようとしたが、指先を入れられると全身がびくりと跳ねた。仰向《あおむ》けに倒れそうになったところを石柱に支えられる。

「……っ」

ユーグの指が第二関節までズブリと沈む。

爪で内壁を掻かれるごとに背筋に電流が走る。更に時折くいっと指を中で曲げられ、弱い箇所を持ち上げるようにぐっと押されると、「あ、あ、あ」と途切れ途切れの喘ぎ声が漏れ出た。

「あっ……そ……こぉっ……」

一際高い嬌声《きょうせい》が大聖堂内にこだまする。

こんなにあられもない声を出していたのかと思うと、全身がユーグに与えられる熱ではなく、羞恥心でも焼け焦げてしまいそうだった。

誰かに聞かれてはいけない——そんな思いから手で口を押さえ、声を抑えようとしたが、熱い息だけは呑み込めない。

「……っ。あっ……。……っ」

「レア、声を聞かせてほしいな」

「だぁ……っ……て、だ、れかに聞かれたら……」

「当分誰も来ないさ」

レアの喘ぎ声を引き出そうとして、ユーグの指の出し入れのスピードが速まる。

「あっ……。……っ。ふ……。だ……め……おかしく、なっちゃう、から……」

「素直じゃない君も……可愛いな」

ユーグは指を引き抜き、レアの耳元に熱っぽくそう囁くと、ズボンをずり下ろしていきり立ったおのれの分身を取り出した。

「僕もおかしくなっているよ。……こんなに可愛い君を泣かせたくて仕方ないんだ」

蜜でぐちゅぐちゅに濡れたそこにぐっとあてがう。

「ま、待って……ユ」

次の瞬間、熱くかたい肉の杭で下から一息に貫かれ、レアは声を失って背を仰《の》け反《ぞ》らせた。

「……っ」

大きく見開かれたエメラルドグリーンの目に涙がみるみる盛り上がる。

「あっ……」

「……可愛いよレア」

ユーグは額から汗を滲《にじ》ませながら腰を突き上げた。

「んあっ……」

「君が、好きだ。好きなのに、こうして虐《いじ》めたくなる……」

ユーグが動くたびに繋がる箇所から蜜が漏れ出し、腰と腰がぶつかり合う淫らな音が上がる。

「レア、もっと声、聞かせて……」

「……っ」

レアはいやいやと首を横に振った。

「誰もいないから」

「そういう、のじゃ、なくてっ……」

あんないやらしい声を出しているのだと思い知りたくない――そう訴えたいのに最奥をぐり

ぐりとこじ開けられそうになり、脳髄までをも貫く快感に背を仰け反らせる。

「……っ」

大きな目から涙が零れ落ちる。

石柱で背が擦れたが痛いと感じる余裕などなかった。

「レア……！」

ユーグが逃すまいとばかりにレアの腰に手を回し、ぐっとみずからのそれを押し付ける。

「ああっ……」

快感に次ぐ快感に力を奪われたレアの両手がだらりと落ちる。

ユーグはレアの中で灼熱の飛沫を放ったあとも、ぐいぐいと肉杭でレアの体を押し上げた。

「あっ……あっ……ゆっ……ど、うし……あっ」

「君を身籠もらせるためは、子種を奥に送り込まないと」

「ん……あっ」

レアは震える手をユーグの肩に回そうとした。今にも頽《くずお》れてしまいそうだったのだ。

なのに、ユーグは一気に腰を引き、隘路からずるりと肉杭を引き抜いたのだから堪らない。

「……っ」

隘路が一気にもとの空洞に戻る感覚が肌を粟立たせる。足の間からユーグの放った白濁が糸
ぽたり、ぽたりとモザイクの床にシミを作った。

「……まだだよ、レア」

ユーグは声も出なくなったレアの体を支え、腕の中で反転させて石柱に手をつかせた。

「まっ……」

そのまま腰を掴まれぐっと引き寄せられる。尻を突き出すような格好が恥ずかしい——そう思う間もなく今度は背後からゆっくりと貫かれてしまった。

「あっ……」

未経験の体位と角度の挿入に絶句する。

肉の切っ先がいつもとは違うところに当たっている。

「レア、ここ、気持ちいい？」

数度軽く小突かれると、「ひっ」と嬌声とも悲鳴ともつかぬ声が上がった。

「……そうか。気持ちいいのか」

ユーグがレアの剥き出しのレアの臀部にふっと息を吹きかける。

「んあぁっ……」

全身がビクリと跳ねてブルブルと震え出した。

「あっ……やっ……だ……め、ぇ……」

「レア、嫌がっているようには聞こえないよ」

ユーグが熱っぽい声でそう囁いて更に奥深くまで雄の証を埋め込む。

「ふあぁ……」

レアは目を見開きいやいやと首を横に振った。

だらしなく開いた口から舌がだらしなく垂れる。奥を突かれると唾液が糸を引いて滴り落ちた。

「あっ……あっ……あぁあっ」

意識が快感に塗り潰されもう何も考えられない。

途中で石柱からずり落ちそうになっていた両手をユーグに掴まれ、背後に引かれたこともわからなくなっていた。

「ゆー……ぐぅ……こ、わい……おかしく……なっちゃうっ……」

狂いそうなほどの快感がきゅっとユーグの分身を締め付けてしまう。

「わ、わたし……もうっ……」

レアは最後の力を振り絞ってユーグを振り返った。

「お、願い……わ、たし……」

ユーグが目を瞬かせてレアを見つめる。

「……レア、そんな顔を見せられたら僕も狂ってしまう」

ユーグは唸るような声を上げたかと思うと、レアの手を更に強く引いて腰を密着させた。

「あ……ああっ」

肉の切っ先がぐりぐりと最奥を抉る。

「あっ……そんな……ぁ……あっ！」

背筋が大きく仰け反る。

絶え間ない絶頂が腹の奥から脳髄にかけて繰り返し走り、子宮がビクビクと痙攣《けいれん》するのを感じた。

「……レア、よかったよ」

ユーグの唇が背に押し当てられる。

どれだけ体が火照っても、口付けの熱はまた別腹なのが我ながら不思議だった。

＊＊＊

ユーグに嫁いで以来レアは幸福だった。

二人とも皇太子およびその妃として、日々それなりの政務や公務を任されているが、必ず二人だけの時間を作るようにしているし、夜はもちろんベッドをともにする。

ユーグと過ごす時間があまりに甘く幸せなために、一人でいる時間は会えた時の喜びを増すスパイスだとすら感じていた。

疑いようもなく幸福でいると、人は過去など振り返らなくなるらしい。

レアも三ヶ月に一度開催される皇后主催の舞踏会で、十一人いる姉の一人に会うまで、フレールにいた頃両親に愛されず、寂しかったことをすっかり忘れていた。

その夜レアはユーグにエスコートされながら、王侯貴族の貴婦人たちに取り囲まれていた。

「レア妃殿下、もうエクトールには慣れられましたか？」

「ええ。この国の四季は春も夏も美しいですね。ですが、私は冬が一番楽しみなんです。祖国のフレールは雪が降らなくて」

「でしたら今年初めて見ることになるのですね。初雪の積もった雪景色は目が覚めますよ」

「──あら。そんなに素晴らしい景色なのですか。私も一度見てみたいものですね。私の暮らす地方も雪があまり降らないんです。降ってもすぐに溶けてしまって」

レアは聞き覚えのある声に目を見開いた。

「テレーズお姉様……？」

一人の金髪の貴婦人が招待客の間から姿を現す。貴婦人はレアを見て優しく微笑み、優雅なカーテシーを披露した。

「お久しぶりでございます、レア妃殿下」

やはり六番目の姉のテレーズだった。

テレーズはレアが幼い頃、両親から庇《かば》ってくれた姉の一人だ。八歳年が離れており、十八歳でエクトールの辺境伯に見初められて嫁いでいる。

久々の再会にレアは胸が一杯になった。

レアとユーグを取り囲んでいた貴婦人たちが目配せし合う。

「あらっ、まあ、コリニー伯爵夫人が妃殿下のお姉様だったの？」

「まあまあ、せっかくの再会をお邪魔しちゃいけないわね」

ユーグはいそいそと立ち去る招待客たちを見送ると、笑顔でポンとレアの肩を叩いた。

「君の姉上なんだって？　ゆっくり話しておいで」

レアはユーグに礼を述べるとテレーズとともに壁際に向かった。

「テレーズお姉様会えて嬉しいわ！　何年ぶりかしら？　この舞踏会に招待されていたなんて」

「八年かしら。レア、大きくなったわねえ。見違えたわ。そのレースのドレスよく似合っているよ」

別れた頃にはまだ少女の面影のあったテレーズは、すっかり大人の女性の顔つきになっていた。すでに五人の子の母なのだという。末っ子はつい三ヶ月前出産したばかりなのだと笑った。

「この三ヶ月本当に大変だったわ。ああ、そうだ。手紙は読んでくれていた？　返事がなかったから心配していたのよ」

「手紙？」

レアは首を傾げた。

「ええ。月に一度はフレールに出していたんだけど」

「私、手紙なんて一通も……」

受け取っていないと返そうとしてはっとする。

テレーズもレアの表情から察したらしい。

「……やっぱりお父様が握り潰していたみたいね」

テレーズはレアの扱いを巡って両親に反発し、たびたび抗議してくれていた。

そんなテレーズを疎ましく思っていたのだろう。大公はテレーズがレアに影響を与えないよう、手紙を渡さず捨てていたようだ。

「……まあ、いいわ。これからは自由に遣《や》り取《と》りできるんだから。また出してもいいかしら？」

「もちろんよ」

テレーズは苛立《いらだ》たしげに腕を組んだ。

「まったく。お父様ったら、そんなことをしておいて、よくもまあ私にあんなことを頼めたものだわ」

「あんなことって？」

テレーズは控えていた侍女を呼ぶと、一通の手紙を受け取った。

「私、この前フレールに里帰りしたのよ。子どもたちに一度行ってみたいってねだられてね。

お父様の顔なんて見たくもなかったけど、挨拶しないわけにもいかなくて……」

その際大公にレアに渡せと手紙を託されたのだとか。

「何が書かれているのか知らないけど、どうせろくな内容じゃない気がするわ。まっとうな手紙なら普通にエクトールの宮殿に送ればいいだけだもの」

レアだけではなく皇族に送られる手紙は、刃物や毒が仕込まれていないかを確認するため、係の者によって一度開封されることになる。

大公はその決まりを知っていたので、テレーズに頼まざるを得なかったのだろう。

「レア、どうする？」

テレーズはレアが受け取りたくないのなら、手紙はなくしたことにすると気遣ってくれた。

「私は……」

レアは大公家の紋章の封蠟《ふうろう》を凝視した。

読みたい気分になれない。だが、いつまでも大公から逃げ続けるのも嫌だった。

「テレーズお姉様、ありがとう。もらうわ」

テレーズは目を見開いた。

「本当にいいの？」

「うん」

「……」

笑顔のレアを見てテレーズも微笑む。

「レア、あなた大人になっただけじゃないわ。強くなったのね」

テレーズにそう見えるのなら本当なのだろう。ユーグが幸福とともに強さを与えてくれたに違いなかった。


レアはテレーズと別れ、一人夜の庭園に向かった。

中でも生け垣に囲まれた噴水のふちに腰を下ろす。ここはランプで辺りが照らされていて足下が見える上に、大広間から死角になっているので好都合だった。

しばらく躊躇《ちゅうちょ》していたものの、思い切って封を切る。

手紙の一行目は案の定叱責だった。

『一ヶ月ごとに手紙を寄越《よこ》し、現状を報告しろと命じたのに、先月三日も遅れただろう。一体何をしている。自分の立場を忘れたのか』

はっきり言ってレアは現在多忙であり、フレール大公に手紙を書く時間ももったいないほどだ。

皇太子妃となったばかりのレアは、ユーグのサポートだけではなく、社交界でこの国の王侯貴族に顔を売らねばならない。

ユーグの顔を潰さないためにもと必死になっているところで、近頃ようやくその努力が実りつつあるところだった。

一国のトップともなればそれくらいは理解できそうなものだが、大公はいまだにレアを君主国の皇太子妃でも一人の人間でもなく、自分の思い通りになる人形だと見なしているらしい。それだけに手紙がちょっと遅れただけでも腹立たしいのだろう。

便箋の半分に渡る罵倒を読み飛ばし、ようやく来た本題に目を通す。

『エクトール帝国の皇太子妃ともなればそれなりの予算が付くはずだ。わかっているな』

一際大きな溜め息が出た。

つまり、フレール公国が財政難なので、援助しろということなのだろう。

レアには確かに皇太子妃として皇室から予算が与えられている。

だが、それは自由気ままに使っていいものではない。社交のための被服費だったり接待費だったり、あくまで必要経費のためにあるものだ。

また、どれだけ一人当たりの予算にしては金額が大きくても、小国であれ国家財政を動かせるほどではないのに。

ユーグに頼めば出してくれるかもしれないが、実家の尻拭いなどさせたくはなかった。

手紙には一度実家に戻れとも書かれていた。レアが嫁いで以降アンジェロが荒れているからと。

レアは新たに側近となる臣下の青年に引き継ぎをしていた。ところが、大公はその青年が気に入らず、一ヶ月も待たずに解雇してしまったのだとか。都合よく身代わりになってくれる存在などそういないのに。

「どうしたらいいのかしら」

さすがに頭を抱えた。

アンジェロが十八歳にもなってろくに人付き合いもできないのは、両親が唯一の息子だからと甘やかしてきたからだ。可愛いならなおのこと厳しく接しなければならなかったのに。

なぜならアンジェロは普通の子どもではない。次期フレール大公であり、将来、国民の頂点に立ち、率いていく使命があるのだから。

いくら考えても名案など浮かばず、溜め息を吐いて月を見上げる。

エクトール帝国は七月に入り大分暑くなっているが、夜はそうでもなく夜風が気持ちいい。

アンジェロをうまく再教育するアイデアも運んできてくれないだろうか。

そんな馬鹿げたことを考えていると、不意に背後から靴音がしたので振り返る。

ユーグだった。

もう数ヶ月も一緒にいるのに、その凜々《りり》しい立ち姿を見ると、いまだにドキドキしてしまう。

今夜のユーグは黄金の飾緒と勲章のついた漆黒の正装である。月明かりに照らし出されると、秀麗な美貌に影が差し込んで、いつもより怜悧《れいり》な印象に見えた。

「レア、こんなところにいたのか。探したよ」

「よく私がここにいるってわかったのね」

ユーグは微笑んでレアの隣に腰を下ろした。

「多分、僕が世界で一番君のことを知っているんじゃないかな。時々一人でここに来ているだろう」

「……うん」

円形の生け垣に取り囲まれたこの噴水近くで、時折あれこれ考えるのがレアの癖だった。

「フレールにいる頃、実家の王宮の庭園にも似たようなところがあったの。……お父様に叱られた時よく行っていた」

寂しい時、悲しい時にそこで膝を抱えて涙が乾くのを待っていた。

「生け垣があれば誰にも見られないでしょう？」

「……君の涙を拭いてくれる人はいなかったのかい？」

レアは今まで黙っていた生い立ちを語った。

「皇帝陛下から聞いているかもしれないけど、私と弟のアンジェロは双子だったの。両親は跡継ぎの男の子だけがほしくて、もう女の子なんていらなかったんだと思う。だから、ずっとアンジェロにかかりきりだった」

ユーグは何も言わずに話を聞いてくれた。

「だから私、エクトールでやっと自分の居場所を見つけられた気がした。皇后陛下は優しいし、シャルロットさんは親切だし、ユーグと一緒にいて幸せだし」

なのに、大公からアンジェロが困っている、お前が何とかしろと命じられると、心がまたフレールにいたあの頃に戻ってしまう。

「乗り越えたいんだけど難しくて」

「レア」

ユーグはレアの手を取って包み込んだ。

「教えてくれて、僕を信頼してくれてありがとう」

「ユーグ……」

優しい声に涙が出そうになる。

「これからどうするかは二人で考えよう。レア、君は一人じゃない。僕がいる」

君は一人じゃない。僕がいる——ユーグの思いやりがレアの傷跡のある心に染み込んでいく。

「……ありがとう」

ユーグの声は言葉は魔法のハンカチだと思う。すぐに涙を乾かしてくれるのだから。

「アンジェロは帝王教育を受けていないのか？」

「受けているとは思うんだけど、よくサボっていたから頭に入っていないと思う」

あれで次期大公が務まるとは思えないので暗澹《あんたん》たる思いに駆られる。それもあり、大公はともかくとしてアンジェロが心配なのだ。

ユーグはやれやれと肩を竦めた。ロイヤルブルーの双眸がキラリと光る。

「……こうなったら仕方がない。レア、一度フレールに一緒に行こうか」

「え、ええっ⁉」

「義父《ちち》上と義弟殿に一度挨拶しにいってやろうじゃないか」

ユーグは悪戯《いたずら》っ子のような目付きで笑った。レアが初めて見る笑い方だった。

＊＊＊

エクトール帝国からフレール公国までは馬車で一週間。護衛の他シャルロットを含めた侍女数人も連れて行くことになった。

道中の宿は各地の領主の屋敷の一室を借りた。

旅路は六日目までは極めて順調。ところが、フレールまであと二日というその日、ユーグとレアは最後の宿泊先で、思いがけないトラブルに出くわすことになった。

その辺り一帯の領主が深々と頭を下げる。

「たっ……大変申し訳ございません！　実は先日城に雷が落ちて火災になった上、強風で屋敷が崩れてしまいましてっ……！」

ユーグとレアは呆然《ぼうぜん》と焼け焦げた瓦礫《がれき》の山を見上げた。丘の上にあったはずの屋敷のなれの果てである。この状態では宿を求めるなどまず不可能だった。

「私どもも最寄りの親族宅に避難している状況なんです。とても殿下をお泊めできる状況ではなく……」

領主の家族だけではなく臣下や召使い全員がそこに詰めかけたので、現在その親族宅もぎゅうぎゅうの満員なのだという。

「近くに他に集落はないのか？」

「ないことはないのですが、馬車で六時間は……」

「時間がかかりすぎるな」

ユーグは顎に手を当てた。

「ですよね……あっ！」

領主がポンと手を打つ。

「雨風を凌《しの》げる程度でもよろしいでしょうか」

「ああ。侍女や召使いも同行させているし、食糧も携帯しているからあとはどうとでもなる」

「でしたら、ここから馬車で一時間先に古城がございます。そちらはいかがでしょうか」

二百年前の領主の祖先がなぜか放棄した城で、古くはあるが壊れたところはないのだという。

「時折召使いに掃除に行かせておりますし、城が傷まないよう手入れもしているので問題ないかと」

「問題がないのになぜ放棄されたんだ？　使っていないのなら解体し、石材を再利用すればいいだろう。なぜ捨てた城の手入れをする」

「それがやはり二〇〇年前から我が家の家訓になっておりまして……」

一族の者があの古城に近寄ることならず。ただし、手入れを欠かさず解体することなかれと記されているらしい。

「随分妙な話だが他に選択肢もない」

ユーグはしばし唸っていたが、やがて「では、その城を一晩借りる」と頷いた。

「ベッドくらいはあるか？」

「はい。ただ、寝具はございません。なんとか焼け残ったものがございますので、そちらをお持ちください」

こうして一行は寝具を調達し、指定の古城へ向かった。

到着してみると想像以上に立派である。レアはユーグと揃って首を傾げた。

「……綺麗なお城よね」

上から見ると長方形をしている城で、四方と正面に王冠を頂いたような小さな塔が設けられている。

領主が言っていたとおりどこも壊れていない。古びてはいるがそれは風情に見える。更に湖の岸辺に建てられており風光明媚。

なぜ二〇〇年前の領主がこの城を放棄したのか、頭を捻っても推理できなかった。

「今日は疲れましたから、もう寝ましょうか」

「ああ、そうだな。同行の者たちも各自就寝するように。明日は午前七時に出発する」

「はっ！」

古城は外見だけではなく、内部もしっかりしていた。

恐らく城主夫妻の寝室であっただろう、その部屋には、やはり古いが暖炉もあれば、ニスの塗り直されたテーブルや椅子もある。壁には夫妻と思《おぼ》しき男女の肖像画もかけられている。

どれも当時使われていたものだろう。人の気配と生活感だけがなかった。

「なんだか不自然ね……」

というよりは不気味である。しかし、今夜はここで眠りにつくしかなかった。

寝間着に着替えて二人でベッドに横たわる。

長距離移動で疲れていたからか、すぐに眠気が来てうとうとしてくる。

「う……ん」

ところが、あと一歩で夢の中というところで、何者かに「……ちょっと」と呼ばれた。

「ユーグ……？　ごめんね。今日は疲れているから明日に……」

何気なく目を開ける。

「……！」

次の瞬間一瞬心臓が止まった。

半分顔が崩れた、しかも半透明の女がこちらを覗き込んでいたからだ。

『うふふ、やぁっと起きてくれたわぁ……』

「きゃっ……きゃぁぁぁああああっっっ‼」

レアは生まれて初めて天井を突き抜かんばかりの勢いで絶叫した。

「なんだ。何事だ⁉」

ユーグが即座に飛び起き、枕元にあった護身用の短剣を引き抜く。

レアはユーグに縋《すが》り付《つ》いて斜め上に浮かぶ女を指差した。

「ゆっ……ゆっ……ゆっ……幽霊っっっ⁉」

「レア、何を言っているんだ。夢でも見たのかい？　幽霊なんておとぎ話にしか」

ユーグは笑いながらレアの示す方向を見上げ、絶句して目を見開いた。

「……嘘だろう？」

女の霊は年の頃二十代前半頃だろうか。顔が崩れてさえいなければなかなかの美女だ。胸元の開いた派手なドレスからして、貴族ではなく娼婦《しょうふ》に見えた。

「どっ、ドレスも透けてる！　やっぱり幽霊！」

恐怖のあまり我を忘れるレアに対し、ユーグはどこまでも冷静だった。ロイヤルブルーの双眸を油断なく光らせる。

窓から差し込む月明かりに切っ先がキラリと反射する。ユーグは掛け布団を跳ね上げるが早いか、女の霊を薙《な》ぎ払《はら》うように斬り付けた。

『あははは……』

女の霊が高笑いしながら四散する。

『あーははは……』

声はいつまでもこだまし耳から離れなかった。

レアはベッドの上で腰を抜かしてしまった。

「ゆ、ユーグ、逃げなきゃ……」

ユーグの寝間着を引っ張ろうとしてまた声を失う。

ユーグの足の間から何かが見える。

「……!?」

今度は目を抉られた甲冑《かっちゅう》の騎士の亡霊だった。床の上を這《は》ってきて、ベッドに上ろうとしている。

『目を……俺の目を返してくれぇ……』

「いっ……いやあああぁぁあっっっ!?」

「レア！　落ち着くんだ！」

ユーグに宥められたがとても冷静ではいられなかった。

「むっ、無理っ！　だって……！」

今度は部屋の片隅を見て目を限界まで見開く。

やはり半透明の老人が膝を抱えて蹲《うずくま》り、何やらブツブツ呟いている。白髪は伸び放題で衣服はボロボロだった。

『頼む……。儂《わし》をこの牢獄《ろうごく》から出してくれ……。儂は何もしておらん……。しておらんのだ。妻の元へ返してくれ……』

比較的はっきり見えるこの三人だけではない。半透明どころかすでに消えかけているが、頭だけまだ認識できる幽霊、両足だけの幽霊、上半身、下半身オンリーもゴロゴロいる。

再度絶叫しかけたレアの肩をユーグが掴む。

「レア！」

ユーグはレアを抱き締め、そのまま強引に唇を奪った。

「う……んっ」

唇を割り開かれ舌で歯茎をなぞられる。すると、たちまち力がくたりと抜け落ちて、叫ぶ気力をなくしてしまった。

「……ん」

ユーグの心臓の音を感じる。力強く脈打つ鼓動の響きを感じるうちに、次第に落ち着きを取り戻してきた。

ユーグがゆっくりと唇を離す。

「落ち着いたかい？」

「……うん」

レアは涙で濡れていた目を拭った。

「ご、ごめんなさい。びっくりして」

「仕方がないさ。誰もこんな事態は予想していない」

ユーグは幽霊だらけの寝室内を見回し、「……これが理由か」と独りごちた。

「二〇〇年前の領主が逃げ出すはずだ。幽霊城になっていたんだな」

「ゆ、ユーグ」

レアはユーグの袖を引っ張った。

「ね、ねえ、速く逃げましょう」

「いいや。この辺りは夜には狼《おおかみ》が出ると聞いている。かえって危険だよ。それにほら、見てごらん」

ユーグは老人の霊に目を向けた。老人は相変わらずブツブツと何やら呟いている。

「……この霊たちを斬ることはできない。でも、彼らも脅かす以外何もできないんだよ」

はっとして先ほどの目のない騎士の霊を室内に探す。

騎士はベッドに這《は》い上がり、レアに向かって腕を伸ばしていたが、その手は何も掴めずに宙を掻くばかりだった。

再び形を取り戻した女の霊も、頭上から自分たちを睨み付けているだけだ。

ユーグは抜いた短剣を鞘に収めた。

「生と死の間には絶対的な境界があるんだろうな。恨みを晴らせず憎しみを忘れられずどこにも行けない……哀れなものだ」

「……っ」

レアは胸を打たれて老人を見つめた。老人はひたすら「妻に会わせてくれ」と訴えている。

「ね、ねえユーグ。この人たちは天国に行けないの？　ほら、司祭様にお祓《はら》いをしてもらうとか……」

「それはもう二〇〇年前の領主がやっていると思う」

なんの対策も採らなかったはずがないとユーグは推測した。

「よほど強い思いを抱いたまま死んだんだろうな。きっと僕たちにはどうすることもできない」

「そんな……」

行くことも帰ることもできず一所に縛られる。霊たちの状況はかつてのレアによく似ていた。

「で、でも何か方法が」

レアは何者かの視線を感じて顔を上げ、ユーグの肩の上に崩れかけの女の顔を見つけてぎょっとした。

女の霊がまたにいっと唇の端を釣り上げて笑う。女は更にユーグを背後から抱き締め、なんと頬にキスしようとした。

女特有の悪意を感じて思わず叫ぶ。

「だ、だめよっ！」

レアはユーグに抱き付いた。

「レア、どうしたんだ」

「さっきの女の人がユーグにキスしようとしていたの。だから……」

たとえ幽霊が相手でも、ユーグに直に触れられなくても、他の女が近付くなど冗談ではなかった。

「……レア、もしかして妬《や》いてくれたのかい？」

なんて子どもっぽい嫉妬だと恥ずかしくなりながらも、もう誤魔化《ごまか》しようがなかったので、レアは涙目で頷くしかなかった。

「そうよ。ユーグは私だけの旦那様でいてほしいの」

「嬉しいよ、レア。僕だって同じだ」

ユーグは優しくレアの頬を撫でた。

「……たとえ霊でも僕の妃に触れる男なんて許せない」

まだベッドに居座っている目のない騎士を睨め付ける。

「お前たちは長い年月の間に、誰をなぜ恨んでいるのかすら忘れてしまったのだろう。生者を脅かすことしかもうここに留《とど》まる理由がないんだな」

ならば、その理由を消し去るまでだと宣言し、レアを抱き寄せそっと口付けた。

「ゆ、ユーグ？」

ユーグはレアの顔を包み込んで微笑んだ。

「幽霊たちに見せ付けてやろう。愛し合っている僕たちには、何も恐れるものはないって」

熱く優しいキスがレアの恐怖を溶かしていく。

「……そうね。ユーグがいれば、私何にも怖くない」

二人は互いの目を見つめ合い、やがてどちらからともなく抱き合った。

「ユーグ、好きよ」

「……僕もだ」

『……！』

女の霊がまたユーグに絡み付こうとしたが、今度はなぜか一瞬で宙に弾《はじ》き飛ばされて戸惑っている。

レアの目にはもうその霊も映っていない。ただ一人愛するユーグだけを見つめていた。

互いの寝間着を脱がし合い、また口付けを交わす。

室内の霊がざわめく気配がしたが構わなかった
レアはユーグに思いのすべてを伝えた。

「……ここが幽霊城だって地獄だってユーグがそばにいれば天国だわ」

「ああ、そうだな。僕も神の祝福よりも君のキスの方がほしい」

ユーグはレアをゆっくりとベッドに横たえた。

手を取りそっとその華奢《きゃしゃ》な指先に、白い甲に、最後に滑らかな手の平に口付ける。

「ねえユーグ、私も」

レアもユーグの手を包み込み、そっと長い指先を口に含んだ。

「ふふ。さっき食べたベリーの味がする」

「君の唇もだったよ」

「頬も同じ味かしら」

レアはユーグの頬にちゅっとキスをした。

「こっちは石鹸《せっけん》の匂いだったわ。ここも」

続いて逞《たくま》しい肩に顔を埋める。

ユーグは幸福そうに微笑むレアの背に手を回すと、ゆっくりとベッドに押し倒し、手首をシーツに縫い留めた。

「君を抱くごとに君を好きになっている」

「……私も。ユーグのいない夜が考えられなくなっているの。どうして私たちって体が別々なのかしら」

ユーグはくすくす笑いながらレアの首筋に唇と落とした。

「アンドロギュノスを知っているかい。古代の神話に登場する両性具有の完全体の人間だ」

顔が二つ、手足が四本ずつあったのだとか。更に男性器、女性器を同時に備えていたのだという。ところが、神の怒りに触れ雷で引き裂かれてしまった。

以降、男と女は別々の人間となり、もう一度一つになろうとして互いを求め合うようになったのだ。

「僕たちは二人だからこそこうして愛し合える。素晴らしいことだと思わないか」

「……思うわ」

そこで目のない騎士がユーグに覆《おお》い被《かぶ》さろうとしたが、やはり女の霊と同じように弾き飛ばされてしまう。

室内の霊たちはそれ以上手も足も出せず、レアとユーグを凝視することしかできなかった。

ユーグはなんとか邪魔しようとする霊を完全無視し、手と唇でレアの体のありとあらゆる箇所に触れた。首筋と鎖骨に繰り返しキスし、尻を撫でながら胸の谷間に顔を埋め、腕を上げさせて脇を舌でなぞる。

「あっ……あっ……ユーぐぅ……」

レアは体が内側から火照っていくのを感じていた。

「ねえ、私もう濡れている……ここも、触って……」

ユーグの手を取ってみずから開いた足の間に導く。

「本当だ」

ユーグは欲情の炎を目の奥に燃やしながら蜜で濡れた花弁に触れた。

「あんっ」

「ぐちゅぐちゅだ。触れただけで感じてくれたのかい？」

「だって……ユーグには何をされても気持ちいいもの」

「嬉しいよ」

ユーグは蜜の纏《まと》わり付《つ》く指先で花心を掻いた。

「ひゃあっ……」

甲高い嬌声が寝室に響き渡る。

同時に体の一部しかなかった霊の何人かの輪郭がぶれ、やがてすうっと音も立てずに溶け込むように消えてしまった。

レアとユーグは更に行為を続けていく。

レアはシーツを掴みながらいやいやと首を横に振った。

「ユー、ぐぅ……もっと……」

「今日はもっとなのかい？」

「ユーグの前では駄目ももっとも同じ意味なのっ……」

「まったく、君って人は」

ユーグは優しくも執拗《しつよう》な愛撫でレアを乱れさせた。

「ね……えっ……中には、入れて、くれないのお……」

エメラルドグリーンの瞳は焦らされ涙で濡れている。

「そうしたい、ところ、なんだけど」

興奮で声を途切れさせながら、レアの膝をぐっと押して足を割った。

「……早く君と一つになりたいんだ。指じゃなくて……体で繋がりたい」

「……あっ」

レアは目を見開いて背を仰け反らせた。

みっしりと質量のある肉塊が内部に押し入ってくる。

「は……あぁっ……」

捻《ね》じ込《こ》まれ、隘路を押し広げられ、内臓を圧迫される感覚を息を吐いて逃がす。

「あっ……はっ……んんっ」

体内でユーグの分身がドクドクと脈打っている。

「レア……君の中は、熱いな」

ユーグは熱っぽい声で囁きながら、軽く腰を前後に揺すぶった。

「ゆ……ぐ……あっ……はぁん……」

不意に弱いところを小突かれて背を仰け反らせる。

「あっ……だめっ……」

「確か駄目ともっとは同じ意味だったな」

ユーグは再び切っ先でそこを刺激した。

「レアはいつもここで感じるね」

穏やかだった動きが途端に大胆になる。

「レアのその顔を見ると……ゾクゾクする」

一体どんな顔をしているのかと問う余裕などない。

ユーグの腕にしがみついて快感に耐えるしかなかった。

「レア、声、出して……」

「だあってえ……」

出そうとする前にユーグが最奥まで貫くので、衝撃で声が散ってしまうのだ。

「ど……していいのか……わかんないっ」

レアの訴えを聞いてユーグが微笑む。

「じゃあ、こうしよう」

力なく揺れていたレアの両腕をぐっと引っ張り上げる。

「あっ……」

レアは体をベッドから起こされたかと思うと、今度は腰をぐっと掴まれて垂直に持ち上げられ、あぐらを掻いたユーグの腰の上に落とされた。

長い黄金の巻き毛が散って宙に舞い上がる。パンと音がした次の瞬間、真下から貫かれる衝撃に背を仰け反らせた。

――深い。

数分前までこれ以上入らないと思っていたのに、肉の杭で最奥をこじ開けられてしまい、まだ先があったのかと我が身に驚いてしまう。

「レア……可愛いよ」

ユーグはレアの腰に指を食い込ませて上下に揺すぶった。

「あっ……あっ……あっ……んぁっ」

ふるふる揺れる乳房の先はもうピンと立っている。ユーグの胸板に擦られるとますます堅く尖《とが》った。

「ゆー……ぐ……！」

レアが名を叫ぶのと時を同じくして、ユーグがレアの背に手を回して抱き寄せる。

薄紅色に染まっていた乳房がユーグの筋肉の鎧《よろい》で押し潰される。互いの熱と汗が混じり合いどちらのものかわからなくなる。

レアの体内はマグマさながらの灼熱のぬかるみと化している。そこに更にユーグの精を放たれると、すでに絶頂に達していたはずなのに、またぶるりと体が震えて電流が背筋を駆け上っていった。

快感の涙を湛《たた》えた目で互いを見つめ合う。

「ユーグ、好き。大好きぃ……」

「レア、僕も君だけを愛しているよ」

繋がったまま深く抱き合うと、激しく脈打っている互いの心臓の鼓動を感じ取れた。

二人とも生きている証だった。


——一組の男女がベッドの上で激しく絡み合っている。好きだ、愛している、あなただけだ、君だけだと繰り返しながら。

この古城に取《と》り憑《つ》く数多《あまた》の霊たちは、そんな二人を呆《あき》れ顔《がお》で眺めていた。

『まったく、最近の若い者は霊を怖がらないのか?』

『それ以前に人……幽霊の前でおっぱじめる神経がわからん』

『この二世紀で大分風紀が乱れたようだ』

二〇〇年前までこの城で暮らしていた領主一族も、時折この城に迷い込んでくる旅人や流れ者も、皆自分たちに恐れをなして這々《ほうほう》の体《てい》で逃げ出したというのに。この二人には恐ろしいものがないのだろうか。

『どうすればこいつらを追い出せる？』

『そうだ。この城に生者が立ち入るなど許さん』

レアとユーグをじっと見つめていた、足だけの霊の一人がぽつりと呟く。

『……追い出す必要があるのか？』

『何を言う。ここは我々の住処《すみか》だぞ』

『住処ではない。ここは牢獄だ。私たちの魂を閉じ込める……。私はもう……疲れた。妻と娘に会いたい……』

そうだ。自分には妻子がいたのだと呻く。

『もう二〇〇年前のことだったんだ……。二人とも天に召されているんだ……。なのに、私だけが憎悪に捕らわれたまま……』

足だけの霊の輪郭が徐々に薄れていく。

『ああ、マリー、アンナ……。忘れていてすまなかった……。私も、今逝くよ……』

『私も……』

今度は頭だけの霊が呟いた。

『私にも、実家に置いてきた息子がいた……お土産をいつも楽しみにしてくれていたのに……

あの子ももうこの世にいない……』

『僕には家族はいなかったけど、いつもそばにいてくれる愛犬がいた……』

片隅で蹲《うずくま》っていた老人が「儂にも」と口を開く。

『どんな罪を犯そうと、投獄されて何年経とうと、ずっと待っていると言ってくれた妻がいた……』

『俺にも』

ベッドの下で倒れ伏していた目のない騎士の霊が顔を上げる。

『俺にも、かつて愛した人がいた……』

二〇〇年前、この城の主であり領主の妻だった女性だった。

愛し合っていたが身分違いで結ばれないと知っていたから、キスどころか指一本触れたことはない。ただ遠くから見つめ合うだけの密やかな恋だった。

当時の領主は嫉妬深い男だった。それゆえに男と妻が愛し合っていると気付き、臣下のくせに生意気なと騎士の目をくり抜いたのだ。妻に色目を使った罰だと言って。

『どうして忘れていたんだろう。俺にも、あの二人のように愛で胸を満たしていた日があったのに……』

あれほど憎んだ領主も愛した人ももうこの世にはいない。自分一人だけがおのれの恨みに捕らわれているだけだったのだと嘆く。

『神よ……』

騎士は窓の近くまで張っていくと、見えない目で満天の星を見上げた。

騎士はそのうちの星のひとつに視点を定める。空洞だったそこにはいつのまにか、かつて愛する人を写していた榛色《はしばみ》の瞳があった。

『ああ、クラリス様……あなたはずっとそこで待ってくださっていたのですね……』

騎士が涙を流すごとにその姿が徐々に空気に溶け込んでいく。

ユーグとレアが眠りに落ちる頃には、城の中にいたはずの霊はすべて姿を消していた。


翌朝目覚めたレアとユーグは、寝室に霊が一人もいなかったので首を傾げた。顔を見合わせてどういうことだと唸る。

「幽霊って夜にしか化けて出られないとか？」

「なら、多分今夜も出てくるだろうな」

こうなればと覚悟して二日目の夜に臨んだのだが、やはり女の幽霊も、目をくり抜かれた甲冑の騎士も、膝を抱えて蹲る老人も出てこなかった。

「私たちに嫌気が差してどこかに行っちゃったのかしら」

「それはそれで構わないが……」

後日、ユーグがどうにも気になるからとこの古城を調査させた結果、かつて井戸だったところから百体近くの人骨が発見された。

二〇〇年前の気の狂った領主に無実の罪で殺された、臣下や召使いではないかということだった。長年遺体をこの井戸に放り込んで隠蔽していたのだろうと。

現領主にとっては寝耳に水だったらしい。

ユーグから報告書を受け取るが早いか、泡を食ってその地に新たに教会を建て、墓所を整え、司祭を呼んで全員分の遺骨を丁寧に埋葬させたそうだ。

その後領主はユーグに手紙を送ってきた。便箋には「ありがとうございました」と礼が書かれていた。

『まさか家訓が先祖の恥部を隠すためだったとは考えもしませんでした。真実が明らかになった今、私は償いのためにも犠牲になった人々を弔い続けるのと同時に、二度とこのような悲劇を起こさぬよう務め、領民たちを守っていくつもりです』

また、古城は今後領民に開放し、商業施設として活用するそうだ。ようやくあの美しさに相応しい使われ方をするのだと思うと、レアも嬉しかった。

＊＊＊

レアとユーグ一行が到着したその日、フレール公国の天気は雲一つない晴天だった。

ユーグは窓から外を眺めて感心したように呟いた。

「この国はいつも晴れているな」

ユーグがフレール公国を訪れるのはこれが五度目になるのだという。他国に遊学する際の中継地点になっているからなのだとか。

「フレールの建国祭には三回ほど来たよ」

一方のレアは天気とは真逆の心境だった。

馬車が王宮に近付くにつれてどんどん心が黒雲に閉ざされていく。

あの父の大公と会うのかと思うと気が重かった。説教されるに違いないからだ。

「レア、心配しなくていい」

レアの不安を察したのかユーグが微笑む。

「どんなものからも君を守って見せるって約束しただろう？」

「……うん。ありがとう」

ユーグと結婚して支えを得たからか、大分精神的に安定してきたものの、やはり元凶の父に会うのは気が進まない。

だが、双子の弟のアンジェロを放っておくわけにもいかなかった。

このままアンジェロが次期大公になろうものなら、国がめちゃくちゃになってしまう。害を被《こうむ》るのはアンジェロ自身ではなく国民なので頭が痛かった。

フレール公国にとってエクトール帝国は君主国だ。当然、君主国の皇太子妃と属国のトップのどちらが上かと問われれば、誰もがもちろん君主国の皇太子妃だと答えるだろう。

ところが、レアの父のフレール大公は娘の現在の地位と身分を失念していたらしい。

王宮の玄関広間に現れたレアを目にするなり、「なぜいつも報告が遅れる⁉」と怒鳴り付けた。怒りに任せてつかつかと歩いてきて距離を詰める。

「お前は昔からそういうところが――」

すかさずユーグがレアの前に立ちはだかる。

「大公、これがフレール流の挨拶か」

ロイヤルブルーの鋭い視線が大公を射抜く。

「レアはすでに貴殿の娘である前に、私の妃であることを思い出してもらわなければな」

大公はそこでようやくレアが皇太子妃だと思い出したのだろう。「これは、これは皇太子殿下」と引き攣《こ》った作り笑いで媚びへつらった。

「昔していた躾《しつけ》でして。出来の悪い娘だったんですよ」

ユーグは大公から目を逸らさず毅《き》然《ぜん》とした表情で告げる。

「昔は昔、今は今だ。レアはもう十八歳で成人している。まして私の妃を子ども扱いし、侮辱するなど有り得ぬ非礼だ。この場で改めろ」

「もっ……申し訳ございません！」

冷静だが有無を言わさぬユーグの迫力に気圧《けお》されたのか、大公はハゲかけた頭に冷や汗を浮かべながら頭を下げた。

「決してそのようなつもりは……」

「今後気を付けるように」

ユーグは大公の顔を見もせずに、レアをエスコートしてその脇をすり抜けた。

二人でメイドに案内された部屋に入る。

ユーグはベッドに腰を下ろすと、いかにも不愉快そうに眉根を寄せた。いつも優しいユーグには珍しい表情だった。

「君も大変だったな。いつもあんな目に遭っていたのか」

「……はい」

レアはユーグの隣に座って目を伏せた。

不要品扱いで蔑《ないがし》ろにされた挙げ句、面倒事を押し付けられていた日々を思い出す。

「でも、そのおかげでエクトールの政務、公務もすぐにできるようになったのもあって……」

そう思うと複雑な思いに駆られる。

ユーグはレアの肩を抱いてよしよしとその頭を撫でる。

「その君がいなくなって義父上も義弟殿も困り果てているんだな」

レアは幼い頃の双子の弟を思い出した。

「悪い子じゃなかったの。むしろ素直な方だった」

親の言うことをよく聞いて、その通りに振る舞おうとしていた。

「染まりやすいから、ああなったんだと思う。それに、昔のアンジェロはすごく可愛かったから……」

「ああなったとは甘ったれで我が儘になったということか？」

「そ、それもあるけど……実は今アンジェロは」

次の瞬間、廊下からドスドスと重い音が響いてきた。こちらの床までぐらぐら揺れている。

「地震か？」

「……」

レアは大きな溜め息を吐いてベッドから腰を上げた。

「アンジェロは……体重が、その……」

「殿下、お止めください！」

メイドの制止する声とともに、客間の扉がバンと開けられる。壊れてもおかしくないほどの勢いだった。

「レアぁ～！　帰ってきたって本当なの!?」

亜麻色の髪にレアと同じエメラルドグリーンの瞳の青年……によく似た何かだった。太りすぎてもはや人間に見えない。

「あ、アンジェロ……」

「もうどこにも行かないでよお～。ボク、レアがいないと何もできないんだよお～」

雪だるまも顔負けのまん丸の顔に突き出た三段腹。男性なのに胸にも肉がついて揺れている。二の腕も太股《ふともも》もボンレスハムさながらにムチムチ。手は大きさこそ大人のものだが、脂肪で赤ん坊のようにふっくらしている。

最大限のサイズに仕立てていたのだろうに、今にも高級服が破れそうになっているのは、更に太ったからに違いない。すでに身長と横幅の比率が均等になりそうだった。

「アンジェロ、また体重増えた？　砂糖とバターは控えた方がいいって言ったでしょ？」

「だって……ご飯が美味《おい》しいから……そんなことよりもっ！」

アンジェロはうおぉおんと泣き出した。

「ボクを置いてお嫁に行っちゃうなんてひどいよ～！　寂しかったんだよ～！」

全身全霊で泣きじゃくるので肥満体がぶるぶる揺れる。

レアは呆気《あっけ》に取られるユーグを振り返り、「弟のアンジェロです……」と疲れ果てた声で紹介した。

「――アンジェロは太りすぎだ」

ユーグはアンジェロが衛兵らによってたかって連れ戻されたのち、大公の臣下ならわかっていてもその怒りを恐れ、決して口にできなかった事実をビシリと指摘した。

「大公は何をどれだけ食べさせているんだ」

「アンジェロがほしいというものをほしいだけ……」

ユーグは首を横に振って額を押さえた。

「このままでは肥満どころか病になるぞ」

レアも同感だった。フレールにいた頃から食事制限をすべきだと、何度も大公にもアンジェロ自身にも進言していたのだ。

しかし、大公はレアの忠告など耳に入れようとしなかったし、アンジェロは「だって、美味しいんだもん」と食べるばかりだった。

「義弟殿は武術を嗜《たしな》んでいないのか。馬術は?」

「……できません」

国を問わず王侯貴族の男子なら当然の嗜みだが、アンジェロのような肥満体では馬に乗れるはずもない。肥満部分も筋肉ではなく脂肪なので腕力がなく、鉄製の剣など持ち上げられない。

「まずは痩せさせないと。一体どれだけかかることか。学問にも人付き合いにも疎いと言っていたな」

「はい……」

「……大公の罪は重いぞ。あの体型では人前にも出られないだろう。一体どうしていたんだ」

「私がいた頃には私が男装して……」

「ということは、もともとの顔立ちは似ていたんだな。男女とはいえ双子だからな」

ユーグは顎に手を当てて考え込んでいたが、やがて「そうだ」と顔を上げた。

「面倒見がよく教育が大好き……適任がいる。彼女にアンジェロの更生を頼んでみよう」


それから三日後、庭園内にある噴水前で一体の脂肪だるま……もとい、アンジェロが運動着に着替えて縄跳びをしていた。

シャルロットがそんなアンジェロを鬼コーチさながらに丸眼鏡を光らせて監視……ではなく見守っている。手にはなぜか鞭《むち》を持っていた。

「アンジェロ様、あと十回です！」

「しゃ、シャルロット、ぼ、ボク、もう無理……」

「アンジェロ様ならいけます！」

なんの根拠もない激励だったが、シャルロットにそう言われると、なんとなく本当かもしれないと感じるのだから不思議である。

アンジェロもすっかりその気になって頑張っていた。レアが尻を叩いても言い訳ばかりで怠けていたのに。

アンジェロがようやく縄跳びのメニューを終えると、シャルロットは手を叩いて大げさに褒《ほ》め称《たた》えた。

「アンジェロ様、よくできました！　この分ならどんどん痩せますね！」

「そ、そうかな」

「そうですとも！」

「えへへ……」

アンジェロは嬉しそうに頬をポリポリ掻いた。

レアは王宮の影から顔を出し、そんな二人の様子を覗《のぞ》き見しながら溜め息を吐く。

「年上の女の人の言うことなら受け入れるのね……」

同じくレアの隣で二人の様子を観察していたユーグがウンウンと頷く。

「というよりは、シャルロットの言うことだろうな。なぜシャルロットが独身か知っているかい？」

そういえばシャルロットはアラサーの独身だった。

「ううん。どうして？」

皇太子妃ともなると侍女も貴族の身分が求められる。シャルロットも伯爵家の出身だ。それくらいの家柄だと二十歳までには結婚することが多い。なのに、シャルロットは婚約者もいな

いと言っていた。

「彼女の実家の伯爵家は親族に財産を騙《だま》し取られてね、その上両親は事故で亡くなっているんだ」

更に多産の家系で弟妹がたくさんいたのだという。内訳は弟が六人、妹が六人の合計十二人。シャルロットを入れれば十三人姉弟ということになる。

「えっ、十三人って私と同じね」

「十二人の弟妹を独り立ちするまで育てるために、結婚を諦めて働いているんだ。これからも結婚する気はないそうだよ」

「……そうだったの」

何せ十三人姉弟の長女なのだ。道理で年下の扱いが上手いはずだと納得する。アンジェロに対しても飴《あめ》と鞭《むち》を巧みに使い分けている。

「そうだわ。シャルロットってちょっとテレーズお姉様に似ているんだわ。同じお姉様だったからなのね」

レアは一方の自分はアンジェロの姉としては失格だったなと反省した。テレーズとは違って弟のために父に反抗しようとは思えなかったのだから。

レアとユーグの視線に気付いたのだろうか。シャルロットがくるりと振り返り丸眼鏡をくいと上げた。

「あら、皇太子殿下にレア様」

まさか、気付かれていたとは思わなかったのでぎょっとする。

シャルロットはつかつかと歩み寄ってきたかと思うと、ユーグに「とても二週間の滞在では足りません」と訴えた。

「あの脂肪を甘えた性根ごと取り払うにはあと半年は必要です！」

どうもアンジェロの脂肪がシャルロットに火を点けたようだ。鍛える相手が駄目であれば駄目であるほど燃えるタイプらしかった。

「殿下、どうぞ私にお任せを……あっ、いけないわ。私はレア様の侍女なのに」

「あっ、あのっ」

レアはシャルロットとユーグの間に割り込んだ。

「私なら大丈夫です。最近エクトールの宮廷にも慣れましたし」

シャルロットが手ずから教育した後輩侍女もいるので当分は凌げるはずだ。

ユーグがレアの肩を叩きながら頷く。

「シャルロット、アンジェロを任せる」

「かしこまりました！」

シャルロットは意気揚々と頷いた。

シャルロットとアンジェロは相性が合っていたようだ。

ユーグとレアが滞在していたたった二週間で、今までまったくやらなかった運動だけではなく、ずっと避けていた勉強までするようになっていた。

どうやってと驚いてよく見ているとシャルロットはまず過程を褒めているのだとわかった。

アンジェロが気紛《きまぐ》れで教科書を開いただけでも褒めるし、読めば褒めるし、ちょっとでも勉強すれば褒める。

ただし、何もしなければ何も言わない。すると、アンジェロはシャルロットの気を引きたくて自分からしようとする。

シャルロットでもっと驚いたのが、アンジェロが失敗しても咎《とが》めない。アンジェロが現状を認め、そこから立ち上がろうとするとまた褒める。

その日のアンジェロもダイエットのため、庭園内をランニングしていた。

ところが、途中で躓《つまず》いて転んでしまう。

ずっと甘やかしてきた息子がよほど心配だったのだろう。ハラハラしながらアンジェロを見守っていた大公妃は、思わず飛び出してアンジェロを助けようとした。

「アンジェロ、可哀想に。足を擦《す》り剥《む》いたのでしょう？　すぐに手当をしてあげるわ。もうこんなことしなくていいから。ちょっとそこのあなた！」

アンジェロと一緒に走っていたシャルロットをきっと睨み付ける。

「いい加減にしてちょうだい。いくら皇太子妃の侍女だからってやっていいことと悪いことが」

「……お母様、ボクは大丈夫だから、シャルロットを叱らないでよ」

アンジェロはヒイヒイフウフと呼吸を荒らげながら地面に手をついた。

「それに、自分で立ち上がれるから」

「でも」

「本当に助けてほしい時にはちゃんと言うから。お願いだから頑張らせてよ。……ボクに失敗する権利をちょうだい」

同じく茂みに隠れてアンジェロを見守っていたレアは、アンジェロが口にした「失敗する権利」にはっとした。

アンジェロは両親にお膳立てされた道を歩いてきた。次期大公に相応しい輝かしい実績をねつ造するため、レアがその身代わりとなってきたが、アンジェロ自身はそれを望んでいたのだろうか。

シャルロットは何も言わない。アンジェロに一切手を出さない。

しかし、アンジェロが自力で立ち上がるのを見届け、「頑張りましたね」と笑顔でウンウン頷いた。

「まだ走れますか？」

「うん！」

今まで黒雲がかかったようにどんよりしていた、アンジェロのエメラルドグリーンの目がキラキラ輝いている。

再びシャルロットについて走り出した息子の背を、大公妃はもう何も言えずに呆然と見つめていた。

皇太子妃夫妻がフレール公国に滞在中、フレール大公ピエールは常にイライラしていた。

まず、娘のレアを思い通りにできない。常にあの忌々しい皇太子ユーグがそばにいるからだ。

ピエールはユーグが温厚な人柄だと聞いていた。なら、レアを通して操れると踏んでいたのだ。

ところが、エクトールへ嫁いで以降、レアはフレールへの利益誘導を一切しようとしない。財政難を訴え何度援助を要請しても撥《は》ね付けられる。

何度育ててやった恩を忘れたのかと怒鳴り付けたくなったことか。せっかくその機会ができたというのにまったく生かせていない。

それ以上に苛立たしいのが、たった一人の息子であり跡継ぎのアンジェロが、わずか二週間で反抗的になったことだ。

今まで素直に言うことを聞いてきたのに、「自分でやるから」「心配しないで」と干渉を嫌がるようになっている。

間違いなくあのシャルロットとかいう年増《とし ま》侍女の影響だ。

今すぐにでも引き離したいのだが、皇太子が目を光らせているのでそれもできない。更に、この年増は皇太子夫妻がエクトール帝国に帰国後も居残るのだとか。

冗談ではなかった。

だから、レアが帰国する前夜である今夜レアを呼び出したのだ。改めてユーグに金を出させろと念を押し、シャルロットを連れ帰るようきつく言い聞かせなければならなかった。

コンコンと執務室の扉が叩かれる。

時計を見るともう約束の時間になっていた。

ところが、入れと許可を与えてもいないのに、扉が開かれたので目を見開く。

「いくら皇太子に嫁いだからと言って……」

大公は書斎机に手をついて立ち上がり、叱責しようとしたのだが、執務室に足を踏み入れたのがレアではなく、ユーグだったので目を瞬かせた。

「やあ、大公。いい夜だな」

ユーグの微笑みはどこまでも優しい。虫も殺さぬ風情だ。だが、なぜか背筋がゾクリとした。

「な、なぜ殿下が」

「さあ、なぜだろうな」

ユーグは書斎机の前に立った。後ろの壁の窓から見える半月を見上げる。

「まあ、これほど美しい月夜だ。半月を肴《さかな》に語り合うのも楽しいだろう？」

漆黒の略装なので一見痩せて見えるが、こうして間近に見ると長身である上に、肩もしっかりしているし胸板も厚い。手も剣を握り鍛え抜かれた者のそれである。

ピエールの額に脂汗が滲む。

「おや、疲れているようだな。座るといい」

「で、ですが」

「私はここでいい」

ユーグはピエールに背を向け机に腰を下ろした。

「どうも大公は私の顔を見ていると体調が悪化するようだからな」

「め、滅相もない……」

この威圧感はなんだと息を呑む。二十歳を数歳越えただけの若僧《わかぞう》のものではなかった。

「どうやら我が妃の母国は金欠で息も絶え絶えなようだな」

「そ、それは……」

レアがユーグにフレール公国の内情をバラしたと知り、一瞬、ピエールの頭にカッと血が上った。

だが、すぐに「援助しよう」とのユーグの返答を聞いて目を見開く。

「ほ、本当ですか」

「二言はない。ただし」

ユーグはピエールを振り返りすらせずに腕を組んだ。

「帝国より顧問を派遣する」

「なっ……」

「どうやら大公はまともな判断もできないほど疲れているようだからな。少々早いが静養地で老後をのんびり過ごすのもいいだろう」

事実上の引退勧告だった。

「な、何をおっしゃいますか。あの通りアンジェロは未熟です。私がいなければ――」

「これほど温暖な気候で海に開けており港がありながら、財源がないと言い張り娘に金をせびる……。なのに、違法な税金の取り立てだけは得意なようだ」

強烈な皮肉だった。

「すでに調べはついている。証拠もある」

「……っ」

全身から血の気が引いた。

エクトールは法に重きを置く国であり、自国のみならず属国の不正にも厳格だと聞いていた。

だが、遠方の属国にまで手が回るはずがないと侮っていたのだ。

いつの間に調べ上げたのか。

ピエールは恐《おそ》れ戦《おのの》きその場で凍り付くことしかできなかった。

ユーグがゆっくりと振り返る。初めに見た微笑みを浮かべたままだった。

「皇帝の目、皇帝の耳の存在を一度は聞いたことがあるだろう」

皇帝の目、皇帝の耳とは属国対象の内偵。監視のためにエクトールより派遣されたスパイだ。

「帝王教育の一環として私はフレール公国を任されていてね」

「……っ」

もう言い訳などできるはずもなかった。

「大公妃にもこの件を伝えておくように。静養先への引っ越しにも時間がかかるだろうからな」

ユーグが執務室から出て行くのを見送り、ガクリと力を失って椅子の背もたれに背を預ける。

一気に老人になった気分だった。

静養先もユーグに指定されるのだろうが、僻地《へきち》や不毛の地になるのではないかと恐ろしい。

精神的ショックが大き過ぎたのか。どこからか幻聴まで聞こえてきた。

『……あんた、私を抱いたのに金を払わなかった挙げ句、殺したケチ領主によく似ているわ』

「……？」

声がした斜め上を見上げてぎょっとする。半分顔が崩れた、しかも半透明の女がこちらを覗き込んでいたからだ。

「……ひっ！」

『ハゲているところもヒキガエルみたいな声もそっくり。……ムカつくわ』

女の霊がピエールに迫り、その首に腕を絡み付かせる。

『もうあんたでいいわ。この恨み、はらさでおくべきか……！』

「ひっ、ひぃぃぃぃっ!?　だ、誰か……誰かあ――っっ!!」

その後大公が錯乱したからと宮廷医が呼び出され、治療に当たったが、大公が正気に戻ることはなかった。ひたすら「顔の潰れた女の幽霊が出た！」と繰り返すばかりだったのだ。

当然そんなものはどこにもいなかった。

結果、大公に統治は不可能だと判断され、本当に引退せざるを得なくなった。


いよいよフレール公国に発《た》つその日、レアは「あら？」と首を傾げた。

両親の大公夫妻が見送りの一行の中にいない。

「どうしたのかしら」

「レア！」

代わりにずっと引き籠もっていた、双子の弟アンジェロが別れを惜しんでくれた。

「寂しくなるよ」

グズグズと泣かれてしまったので慌てる。

「また来るから。ね、泣かないで」

「アンジェロ様！」

そこにすかさずシャルロットのカツが入った。

「レア様を、お姉様を困らせてはなりませんよ」

「……うん。わかっているよ。レア、元気でね」

これで泣き止《なや》むのだからシャルロットの調教はすごいと感心してしまった。

ユーグに続いて馬車に乗り込む。

今度はいつ里帰りすることになるのだろう——そんなことを考えていると、耳元で女のウキウキと嬉しそうな声がした。

『ねえ、あのいけ好かないハゲ、やっつけてやったわよ』

「えっ」

斜め上に浮かぶ、潰れた顔の女の霊に絶句する。

まさか、あの古城から解き放たれ、ついてきていたのか。

女の霊が安らかな微笑みを浮かべる。

『ああ、スッキリした。もう思い残すこともないわ……』

無惨な顔が瞬く間に光の糸で修復されていく。数秒後にはもとの美しい顔に戻っていた。

レアが驚きのあまり声を失っている間に、今度はみるみる輪郭が薄くなる。
『……ありがとう』
空気に溶けて消える間際、女の霊がそう呟いた気がした。

第三章　皇帝夫妻仲直り大作戦

皇太子妃となって早半年。レアは初めてエクトール帝国で新年を迎えることになった。

新年といっても公務があるのでのんびりはできない。

しかし、新年の公務はいつもの地方の視察や式典への出席、教会や学校、孤児院の訪問などとはちょっと違っていた。

宮殿内の劇場で新年のオペラが開演されるのだ。

皇帝夫妻がスポンサーである皇立劇団が取り仕切る行事で、更に皇立劇団は大陸でも名高い劇団なので、帝国内の王侯貴族は皆この新年のオペラ公演に招待されたがっていた。

皇太子夫妻であるレアとユーグは当然皇帝夫妻に次ぐロイヤルボックス席である。

まだ十五分前なのだが、レアはずっと楽しみで堪らなかったので、もうオペラグラスを手に舞台幕で閉ざされた舞台を眺めていた。

「ユーグは今日上演される〝アルテミシア〟を見たことある？」

「今年で三回目かな」

気のない返事からしてユーグはオペラなどどうでもいいのだろう。だが、レアはめげなかった。

「羨ましい！　私、オペラ自体が初めてなの」

フレール公国には公立劇団などなかったし、他国の劇団がやってきてフレールの劇場で上演しても、アンジェロの代役で多忙で娯楽を楽しむ暇などなかった。

「でも、脚本は図書館で読んでいるから物語は知っていて……。このアルテミシアが一番好きなの」

レアが好きだと聞いてユーグも興味を持ったらしい。

「どんな話？」

「もう、ユーグったら三回も見ているのに覚えていないなんて。あのね、許されない恋に落ちた王女と騎士の物語なのよ」

目をキラキラさせるレアを見てユーグは目を細めた。

「ということは悲恋か。どうして許されないんだい？」

「あのね、あのね、二人は身分違いってだけじゃなくて、王女様には婚約者がいてね……」

上演前からイチャつく皇太子夫妻はオペラより注目の的で、すでに席に着いた貴族らは皆ちらちらとロイヤルボックス席に視線を送っていた。

右端のボックス席にいた老貴族の二人が、孫を見守るような温かい視線で二人を眺める。

うち一人のダルク伯爵が話を振る。

「もうご結婚されて半年ですかな？　早いですな」

それを受けてレーニエ公爵がうんうんと頷いた。

「本当に仲がよろしいですね。妃殿下のお人柄でしょうな。いい方ですから」

「皇太子殿下は他のどんな美女にも目もくれず妃殿下一筋。この分だとお子様も近い将来お生まれに……」

「そう願いたいものですな」

二人の視線が今度はレアたちの隣部屋にあたるボックス席に向けられる。そこには皇帝ジョゼフと皇后ウジェニーが鎮座していた。

まだ上演まで時間があるのだから、雑談でも楽しめばいいのに、皇帝はむすっとした表情で黙り込んだまま。皇后は皇后で皇帝をいないもののように無視し、パンフレットを黙々と読んでいる。

老貴族たちは一斉に溜め息を吐いた。

「若いお二人にあやかって、皇帝陛下、皇后陛下ももう少し親しくなられないものでしょうかな。もうご一緒になって何十年経ったのか」

「今更でしょう。皇帝陛下は七十を超えていらっしゃいますし、皇后陛下ももう六十を越えたんですよ」

「笑い合っているところすら見たことがございません」

社交界ではラブラブの皇太子夫妻に対し、皇帝夫妻は大昔から不仲だと、悪い意味で評判になっていた。口さがない者は実はベッドを一度もともにしたことがないから、子も生まれなかったのではないかと噂《うわさ》している。

「現皇帝陛下ご夫妻だけではございませんよ。先代の皇帝陛下も……」

「確かに先代の皇后陛下と不仲でしたな。それどころか憎み合っていたような」

「ああ……」

レーニエ公爵が頷く。

「いくら政略結婚とはいえ、ともに暮らしてベッドをともにしていれば。それなりの情が湧くものですが、やはりあの件がまずかったのでしょうかね」

「なのに、なぜよりによって皇室だけこう夫婦仲が悪いのでしょう」

「しかも、代々。おまけに子が生まれない……。もはや呪いではないか？」

どれだけ考えても不明だった。

結論が出ぬままに上演開始のベルが劇場内に響き渡り、老貴族も推理を中断せざるを得なかった。

オペラは上演時間が長いため、幕間《まくあい》に三十分ほどの長めの休憩が入る。

その間招待客たちは劇場のホワイエで軽食を取った。軽食は立食形式でサンドイッチやカナッペ、ワインや果汁などが用意されている。

レアとユーグも笑い合いながら軽食を楽しんだ。

「このサンドイッチ、サーモンが入っていて美味しいわ」

「どれどれ。本当だ。このカナッペもよかったよ。チーズが絶品だ。ほら」

ユーグが手で摘まんで口に入れてくれる。

「わっ、一緒にオレンジピールが乗っているのね！」

「新感覚だろう？」

レアは宮廷の美味を楽しみながら、大臣たちと議論を交わし合っている皇帝をちらりと見た。

一方、皇后は取り巻きたちに囲まれている。オペラの感想でも語り合っているのだろうか。

二人とも互いに背を向けている。離れている距離は十メートルもないだろうに、見えない分厚い壁があるように見えた。

この頃になるとレアも二人の不仲に気付いていた。

「……ねえ、ユーグ」

——皇帝陛下と皇后陛下は嫌い合っているの？

そう尋ねようとしたが引っ込めてしまう。ユーグも皇帝夫妻と仲がいいと言い切れないからだ。

ユーグではなくともこの件については、見ざる言わざる聞かざるとばかりに誰も語りたがらない。

今夜はせっかくのニューイヤーオペラなのだ。ひとまずこの件は胸にしまっておくことにした――つもりだったのだが……。


後半の部のラストでレアは悲劇的なラストで感極まり、涙が止まらなくなっていた。

ユーグに促されホワイエに向かい、蜂蜜入りの紅茶を呑ませてもらってもまだ止まらない。

「もし、あそこで神父がちゃんと騎士に手紙を渡していれば、王女様は死ななくて済んだのに……」

結局、主人公二人はすれ違い、誤解したまま死んでしまった。

ユーグもレアが推しに推したので、今回はちゃんと最後まで見たからか、「あの二人にとって死は救いだったのかもしれないな」などと感想を述べている。

「あんなに敵だらけじゃすれ違わなくても結ばれなかっただろう」

「天国で誤解が解けて一緒になれても意味なんてないわ。生きて、幸せにならないと……。でも、このお話大好きだから悔しい……」

ユーグが苦笑しながら二枚目のハンカチを手渡してくれる。

「君のそういうところ、好きだよ」

「こんな時に……」

「こんな時だからこそだよ。あの二人の失敗は早く素直になれなかったところだね。こうして会うたびに気持ちを伝えていればよかったんだ」

「……それだと物語が上演開始十分で終わっちゃうわ」

「確かに」

もう少し浸りたい気持ちもあったが、そろそろ夜八時である。

そろそろ居住区に戻ろうと、待機しているはずの侍女たちを探していると、「殿下」とユーグが声をかけられた。

ユーグの側近の一人だった。

「急ぎ報告したいことがございまして。十五分でよろしいのでお時間をいただきたいのですが」

「だが……」

「あっ、私は大丈夫だから。先に戻っているわ」

自分のことは気にしないでと笑う。

「ちゃんと見取り図を持ってきているし、宮殿内で迷ったりしないから」

「わかった。気を付けて帰るんだぞ」

レアはユーグの背を見送り、なおも侍女の姿を探した。ロビーは招待客でごった返しているので、目を皿にしてもなかなか見つからない。

「一体どこに……」

あちらこちらを見回していると、ふと三人の令嬢が出入り口付近でたむろしているのが目に入る。同じく侍女や迎えを待っているのだろうか。お喋《しゃべ》りに夢中でレアには気付いていないようだ。

レアはどの令嬢とも付き合いがあり、それなりに親しくなったつもりでいたので、仲間に入れてもらおうとして思わずその場に立ち止まった。

「あの人、ちょっと思ったことを顔に出しすぎじゃない？」

「皇太子妃らしくないわよね」

「殿下の寵愛《ちょうあい》を得ているからっていい気になっているのよ」

陰口を叩かれているのだと知り息を呑む。

「属国出身なんでしょ？　しかも、エクトールって村みたいな大きさの小国って聞いたわ」

「いくら多産の血筋だからってそんなところから皇太子妃を迎えなくても……。帝国にもそんな家の令嬢はいくらでもいるじゃない」

まさか、悪く思われていたとは知らずにその場で立ち尽くす。

属国の小国の公女が君主国の皇太子に嫁ぐのだから、批判はある程度覚悟していたが、実際に聞くことになるとやはり辛かった。

三人に気付かれていないのを幸いに、後ずさってその場から離れようとする。

ところが、その隣をつかつかと通り過ぎていった人物がいた。

「えっ……」

見覚えのあるその姿にレアは思わず目を見開いた。

令嬢たちはレアにもその人物にも気付かずまだレアを悪く言っている。

「容姿だってたいしたことないわよね。あの程度なら――」

「――皇太子妃は陛下と私が選んだ女性ですよ」

三人がぎょっとして振り返る。

皇后の登場が一瞬にしてその場を緊張させる。

すでに四十年以上皇后を務めているだけあり、凛《りん》とした気品が、結い上げた白髪交じりの灰色の髪や顔に浮かぶ皺《しわ》を、老いではなくその地位に相応しい風格に見せている。目の色と同じ紫のドレスも皇后の高貴さを引き立てていた。

皇后が言葉を続ける。

「容姿のみならず教養、人格、すべて皇太子妃に相応しいと判断したからこそ、ぜひレアをと思いました。皇帝陛下のご意志でもあります」

令嬢たちは真っ青を通り越して真っ白になっている。

「あなたたちにも言い分があるでしょう。ですが、ここは公共の場。誰に聞かれているのかわからないことを心得ておくように。令嬢としては最低限のマナーですよ」

「もっ……申し訳ございませんっ！」

三人は土下座せんばかりの勢いで頭を下げた。

「身の程知らずな真似《まね》をしてしまいました。どうぞお許しください！」

「今度から気を付けなさい。どこで誰が聞いているのかわからないのですから」

皇后は背後にいるレアに目を向けた。どうやら気付いていたらしい。

皇后の視線を追って令嬢たちが息を呑む。

三人は顔を見合わせると、レアに深々と謝罪の一礼をし、そそくさとその場から姿を消した。

「あっ……ありがとうございます」

レアは慌てて頭を下げた。

まさか、皇后に庇われるとは思わなかった。

皇后は肩を竦めて「あの子たちを許してあげてね」と苦笑する。

「ユーグをあなたに取られたと思っているのよ。ほら、あの子って秘かに人気があったから」

先ほどまでの高貴で厳格な雰囲気とは打って変わった、穏やかで温かみのある口調だった。

「ねえ、レア。これから時間はある？」

「あっ、はい。二時間くらいなら……」

「なら、夜のお茶会をしない？　私、今夜はちょっと誰かと話したい気分なの」

皇帝夫妻と皇太子夫妻はこの広大な宮殿で暮らす区画が違う。食堂も別々なので、行事がなければ顔を合わせない。

だから、レアにとって皇帝夫妻は義理の父母というよりは君主だ。自分たちは義理の息子夫婦ではなく臣下のような感覚でいた。

それだけに、初めての私的な誘いに緊張し少々ドキドキしている。

「さあさあ、入って」

皇帝夫妻専用の応接間は意外に少女趣味だった。壁も調度品も明るい水色を基調としており、白やピンクの可愛らしい小花柄が散っている。

レアも可愛いものが大好きなので、思わず歓声を上げてしまった。

「わっ、可愛いですね」

「でしょう？　気に入ってもらえてよかったわ」

レアは長椅子に腰を下ろしながら、お茶を入れる皇后をちらりと見た。

皇后がくすりと笑う。

「メイドを使わず自分でお茶を入れる皇后って珍しいかしら？」

「そ、そういうわけでは……」

「いいの、いいの。自分でもいけないとはわかっているのよ。でも、プライベートの時間だけは許してくれると嬉しいわ」

　その微笑みは優しく、先ほど令嬢たちを叱った、あの重厚感のある気品を湛えた皇后とは別人だった。

「ユーグとは仲良くしているみたいね」

「はい、おかげさまで」

　ユーグの話題を出されるとつい照れてしまう。

　皇后はそんなレアを見つめながら、「あの子をこれからもよろしくね」と頭を下げた。

「そ、そんな、滅相もない」

　皇后に頭を下げられるなど、想像もしていなかったので慌てる。

「私がいつもユーグに助けられているくらいで……」

「あら、まあ。あなたたち、本当に相性ピッタリなのね」

　皇后は嬉しそうに目を細めた。

「安心したわ。ユーグには可哀想なことをしてしまったから。せめてお嫁さんには優しい人をって思ったんだけど正解だったわね」

「あ、あの、可哀想なこととは……」

「……陛下と私の間に子どもが生まれなかったから、ユーグを跡継ぎとして引き取ったことは知っているでしょう」

「はい……」

「あの頃ユーグは九歳だったかしら。お母様を亡くしてまだ一年しか経っていなかったの」

ユーグの実母はユーグより五歳下の娘を亡くし、その後あとを追うように病死したと聞いている。家族を立て続けに二人失っているのだ。

「まだ心の整理なんてついているはずもないのに、一刻も早く帝王教育を施すべきだって陛下の意見に流されてしまって……」

ユーグは大人しく我慢強い子どもで、日々の厳しい帝王教育に文句も泣き言も言わず、それどころかすべての教科において優秀な成績を上げ、臣下たちを驚かせたのだという。

「甘えられる場所が全然なかったんじゃないかって……。私も子どもの扱い方を知らなくて、どうしようか迷っている間にあっという間に時が過ぎてしまったの。ほんとうにあっという間だったわ」

皇后の口調には後悔と一抹の寂しさが込められていた。

「あなたと結婚するまで、ユーグって冷酷皇太子なんて言われていたのよ」

「えっ」

レアには冷酷という形容動詞など、ユーグからもっとも遠いものに思えたので戸惑う。

「ユーグはすごく優しいですけど……」

昔も今も優しさには変わりない。

「まあまあ、それはきっとあなただけによ」

皇后は冷酷皇太子としてのユーグの華麗なる過去を教えてくれた。

気のある素振りを見せる高位貴族の令嬢に一瞥《いちべつ》もくれなかった。不正を働いた名門出身の側近を容赦なく断罪した。忍び込んできた暗殺者を一刀両断にしたエトセトラ。

「え、ええっと……」

「あなたの言いたいことはわかるわ。不正を許さず厳格なだけよね。でもね、ずっとなあなあでやってきたこの宮廷では、ユーグの言動は厳しすぎたのよ」

レアはそんな一面があったのかと驚くばかりである。

「でも、最近不正への処分にもワンクッション入れるようになったのよ。それまでの働きや事情を考慮に入れてくれるようになって……。あなたのおかげね」

実感はなかったがそう言われると照れてしまう。

「本当にあなたを選んで良かったわ」

レアは続くその一言に首を傾げた。先ほどの令嬢たちの悪口を思い出したからだ。

『いくら多産の血筋だからってそんなところから皇太子妃を迎えなくても……。帝国にもそんな家の令嬢はいくらでもいるじゃない』

その通りなのだ。

多産の血筋の令嬢ならエクトール帝国内にいくらでもいただろうに。

「あの、皇后陛下」

「あら、せっかく義理の娘になったんだから、お義母様《かあ》と呼んでほしいわ」

「……じゃあ、お義母様」

実母とは親子の縁が薄かったので、なんだかドキドキしてしまう。だが、自分の口から出た「お義母様」の響きは思いのほか温かかった。

「なぜ私だったのでしょう？　他に候補者はたくさんいたと思うんですが」

「ええ、そうね。確かにいたわ」

レアの他にも十人リストアップされていたのだという。

「陛下がここから三人に絞ったの」

皇帝は実家が強すぎる国内の貴族令嬢は、いずれ親兄弟が外戚として国政に口を出し、厄介な存在になるからと避けたらしい。

「全員あなたと同じ属国の王女や公女が多かったわね。陛下はこの中から選べってユーグに言ったんだけど……」

ユーグは「誰でも構いません。帝国の役に立つ女性であれば。どのような女性でも丁重に扱います」と、候補者たちの釣書も肖像画も見ようとしなかった。

「お、女の人に全然興味なかったんですね……」

人間に無関心なところといい、情け容赦ないところといい、聞けば聞くほど過去のユーグはレアの知るユーグとは別人にしか思えなかった。

皇后が「あの時は困ったわ」と苦笑する。

「私ね、ユーグには幸せになってほしかったのよ。義母として何もできなかったから。だから、せめて好みの子を選んでほしかったんだけど……。あの子はそんなことも我が儘と捉えていたのかしらね」

なら、せめて心優しい娘と結婚してほしい。そう考えた皇后はみずから三人の候補者を調べに出かけた。

「えっ、お義母様が直接ですか⁉」

皇后の目尻の皺が下に垂れる。

「やっぱりどんな子か直《じか》に接してみないとわからないもの」

「ということは、私のところにも？」

「もちろんよ」

皇后は自分の身分を隠してレアとの接触を図ろうとした。

「帝国の皇后なんてバレたら恭しく傅《かしず》かれるに決まっているもの。だから、駐在中の大使が大公に挨拶に行く時、召使いの一人という体《てい》で連れていってもらったの」

老いた召使いに身をやつした皇后を、フレールの宮廷人に出入りする王侯貴族たちは、まるでないものように扱った。廊下でよろめいて倒れても、誰も振り返りすらしなかったと。

ところが、たった一人駆け付けてきて手を差し伸べてくれた人がいた。

『お婆《ばあ》さん、大丈夫ですか⁉』

腰まで伸びた黄金の巻き毛にエメラルドグリーンの瞳の、育ちがよさそうで大人しそうな印象の少女だった。品のよさからして貴族令嬢に違いないだろうに、侍女の一人もつけていないので首を傾げる。

『ええ、大丈夫よ。ありがとう』

『肩を貸します。ゆっくり立って下さいね』

レアは皇后を宮廷医のもとまで連れていき、「先生、手当てをお願いします」と頭を下げていた。

皇后は少女が立ち去ったのち、「あの子は誰ですか？」と宮廷医に尋ねた。

『第十二公女のレア様です。あの方も不憫《ふびん》なことだ』

『不憫？　なぜ不憫なのですか？』

『宮廷医の私が言うのもなんですが、大公夫妻に問題がございましてね』

あの少女がと驚いた。同時に、大切なブローチの宝石が外れ、空洞になっているのに気付いてはっとする。

『大変。どこで落としたのかしら』

代わりがないものなので真っ青になっていると、気にかけてくれていたのだろうか。三〇分ほど経ってまた先ほどの少女が現れた。

『お婆さん、足は大丈夫ですか？』

『ええ。軽く捻っただけだそうよ』

『……元気がないですね。何かあったんですか？』

　この少女はよく人を見ていると感心する。

『ええ。大切なブローチのアメジストが取れてしまったの』

　皇后は宝石など山と持っている。だが安い銀台にアメジストのあしらわれた、スミレを象《かたど》ったブローチが、もっともお気に入りで大切なものだったのだ。

　昔好きだった人が「この宝石、君の瞳と同じ色だったから」とくれたものだった。それだけに思い出の象徴であるアメジストが転んだ時外れてしまったのは痛かった。

　少女は皇后の手の上に置かれた、宝石のないブローチをじっと見つめた。

『私が捜してきます』

『まあ、ありがとう。でも気にしないで。小さなものだから見つけるのが難しいわ』

『いつまで王宮にいますか？』

『そうねえ。あと二日くらいかしら』

　少女は「じゃあ、それまでに見つけます」と宣言し、医務室を出て行ってしまった。

皇后は大して期待していなかった。小指の先ほどもない小さな宝石だし、庭園にでも転がり落ちてしまったのではないか。見つけるのは相当運がよくなければ無理だと。

ところが二日後、少女は宣言通りにアメジストを見つけ出し、大使について王宮を出ようとしていた皇后に「お婆さん！」と声をかけてきたのだ。

『お婆さん、宝石ってこれですか？』

小さな手の平の上に紫色に輝く宝石がコロンと乗っている。

『……！　そう、これよ！　よく見つけたわねえ』

皇后はアメジストを受け取る瞬間、少女の目が赤くなっているのに気付いた。よく見るとうっすらクマも浮いている。

『あなた、まさか徹夜をして捜してくれたの？』

『違います！』

少女は両手をぶんぶん振って否定した。

『その、庭園を探検するついでに……』

こちらに気を遣わせまいとしているのだろう。ほとんど見ず知らずの老婆なのにと胸が熱くなった。

『本当にありがとう。どうしてここまでしてくれたの』

『えっと……』

少女は頬を染めてモジモジとしていたが、やがて
『なくしたくないほど大切なものって、きっとそんなにないと思うんです。私もひとつだけ持っていて』

とポツリと呟いた。

『だから、絶対見つけるまで諦めちゃ駄目だと思って……』

皇后は自分のものだけではなく、他者のものも大切にしようとする、その優しさに心打たれた。また、ここでは大使の召使いに過ぎない老婆にも尊厳を認めて接してくれる。

『あなた、名前は？』

『はい。レアです』

『……そう』

――この子にしよう。この子がいい。

アメジストを受け取った瞬間、皇后はそう心に決めたのだ。

こんな私にも優しくしてくれるのなら、きっとユーグも大切にしてくれるに違いない――そう信じて。

皇后の話を聞き終えたレアは、思わず目を瞬かせた。

「もしかして、その子って……」

「そうよ。思い出してくれた？」

「もっ、申し訳ございません！　まさかお義母様とは知らなくて」

「変装していたのだから当然よ。ふふ、私もなかなかの役者だったのね。ほら、これがその時のブローチ」

皇后はこっそりショールの下に着けていたブローチを見せてくれた。

レアは掌に乗せられたそれを目を輝かせて見下ろす
「わあ。可愛いですね」

スミレを象った銀細工のブローチだった。花弁部分にアメジストが嵌め込まれていたらしい。

皇后はショールを直すと、レアにどうぞと焼き菓子を勧めてくれた。

「あの時は大人しいお嬢さんだって思ったわ。でも、今日話してみて明るいし、よく喋るし、面白いし……」

楽しそうにくすくすと笑う。

レアは照れ臭さを隠そうとクッキーを囓《かじ》った。

「……ユーグと一緒にいると毎日楽しくてついお喋りしちゃうんです」

毎日笑顔でいるうちに性格が多少明るくなったのだろうか。

「ユーグもそうなんでしょうね」

皇后は聖母のように慈悲深い微笑みを浮かべている。

レアは今までせっかく同じ宮殿に暮らしていたのに、接触の機会が少なかったばかりに、こうした皇后の一面を知らなかったことを残念に思った。

「あの、お義母様、またこうしてお喋りに来てもいいですか？」

皇后の顔がぱっと輝く。

「まあ、もちろんよ。嬉しいわ！」

時間はあるのだからこれから距離を縮めていけばいい。そう思うと心がじんわりと温かくなった。

それにしてもとお茶をお代わりしつつ首を傾げる。

プライベートモードでの皇后はこれほど朗らかな人なのに、なぜ夫の皇帝と不仲なのだろうか。皇后は皇帝の、皇帝は皇后の何が気に入らないというのだろう。

さすがに親しくなったばかりの身では、そこまで突っ込んで聞くことはできなかった。


その夜レアはどうも眠れず、ベッドの中で繰り返し寝返りを打った。

隣にいたユーグが目覚めたのか、レアをそっと胸に抱き寄せる。

「どうしたんだい？　レア」

「う……ん。気になることがあって。あのね、今日お義母様と仲良くなったのよ」

レアは皇后との会話を掻《か》い摘《つ》まんで語った。

ユーグは「そうだったのか……」と唸り、「皇后陛下に感謝だな。君以外の妃なんてもう考えられないよ」と腕に力を込めた。

「ありがとう。私もユーグ以外の旦那様なんて考えられな……じゃなくて」

レアはユーグの胸に頬を寄せ、「どうしてお義父《とう》様と仲が悪いのかしら？」と尋ねた。

「お義母様はあんなにいい方なのに」

ユーグが溜め息を吐いてレアの髪に顎を埋める。

「ごめん。僕は皇帝陛下についてほとんど知らないから答えられない。この通り今でも義父上と呼べないくらい僕にとっては遠い人でね」

父子というよりは君主と臣下だとしか思えないのだという。

「確か、すごく苦労されたのよね」

「ああ。陛下が即位したばかりの頃、気温が突然低くなって、作物が取れず飢饉《ききん》になっただけじゃなく、帝国全土で疫病が蔓延《まんえん》したそうだ」

これらの厄災により帝国の人口の二〇パーセントが失われ、立て直すのに十年近くの年月がかかった。

「二十歳そこそこでそんな重責を果たしたんだ。ずっと対策に追われていたからだと聞いている」

「すごいよね……」

レアは皇帝の重責だけではない。せっかく縁あって一緒になったのだ。皇后と仲良くなれないのか。幸福を感じてほしいものだと頭を捻った。

「お義父様って……愛妾《あいしょう》はいたりする？」

歴代の皇帝が皇后と不仲で、愛妾を囲っていた事例は珍しくない。しかし、皇帝は愛妾もいないのだという。

「ますますお義母様とどうして仲が悪いのかわからないわ。女嫌いってわけでもないんでしょう？」

「多分、僕と同じタイプだとは思うけどね。人嫌いで好きな女性以外関心がないんだろう」

「じゃあ、お義父様は誰が好きなのかしら？」

二人揃ってうーむと唸る。

「そんなに気になるなら調べてみようか」

「えっ、いいの」

「原因が判明すれば解決できるかもしれないからね。やっぱり一生をともにするんだから、夫婦仲はいい方に決まっている。それに……僕も陛下のことを知りたい」

「じゃあ私も社交界で色々聞いてみるわ。お義母様が直接教えてくれるとは思えないし……」

レアは両拳を握り締めて頷いた。

エクトール帝国に嫁いで一つ判明したことがある。

それは、自分は同年代の同性受けは悪いが、老人には男女を問わず妙に好かれ、孫のように可愛がられるということだ。どうもこぢんまりしたサイズと無害そうな雰囲気が庇護《ひご》欲をそそるらしい。

レアは新たに得たその特技を生かし、顔見知りの老人たちの屋敷を訪ねた。

一人目はニューイヤーオペラの休憩中に知り合った、今年七十歳になるダルク伯爵だ。丸眼鏡を掛けておりチョビ髭《ひげ》が特徴である。

隠居の身の伯爵はどうも暇だったらしく、レアの来訪を心から喜んでくれた。

「やあやあ、こんな爺《じじい》のもとに皇太子妃殿下がいらっしゃるとは。皇帝陛下のお話が聞きたいと言うことでしたな。ささ、どうぞお座りください」

レアは長椅子に腰を下ろすと、早速話を切り出した。

「二月には皇帝陛下と皇后陛下のご結婚記念日がありますよね。私、お二人のためにサプライズで何かして差し上げたいんです。伯爵様は皇帝陛下と昔から親しいと聞きました。ぜひ一緒にアイデアを考えていただけないかと思って。あっ、皇后陛下のお誕生日も同じ日ですよね。誕生日プレゼントも用意しなくちゃ」

ダルク伯爵が「むむむ」と唸る。

「妃殿下、差し出がましいようですが、サプライズは止めた方がいいかと」

「なぜですか？」

「それはですな……言うべきか、言わざるべきか……」

ダルク伯爵は苦悩しつつブツブツ呟いていたが、やがて額の汗を拭いつつ「お二人の仲がよろしくないので……」と返した。

「そんな……。なぜ仲が悪いのですか？」

レアは更に突っ込む。

「それは……」

「教えていただけないのですか……？」

レアの悲しげな表情を目にし、ダルク伯爵が「うう」と苦しげに呻く。

「内密にしますので教えてくださいませんか」

「……まあ、いつか誰かから聞くことだしのう」

ダルク伯爵曰《いわ》く、皇帝の最初の婚約者は皇后ではなかったのだという。

「えっ、じゃあ、どなただったんですか？」

「皇后陛下の姉上のフランソワーズ様です」

初耳だった。

しかも、フランソワーズは当時の社交界で絶世の美女と名高く、寡黙かつ厳格だった皇帝をも魅了し、熱烈な求婚を受けて婚約に至ったのだとか。

「じゃあどうしてその方と結婚しなかったんですか」

「う、ううむ。もうここまで言ってしまえば同じか……。フランソワーズ嬢は密かに交際していた恋人と、結婚式三日前に駆け落ちしてしまったのですよ」

なんと、皇室にそんな世紀のスキャンダルがあったとは。

「じゃあ、まさか」

「……そのまさかです。皇后陛下は身代わりとなったのですよ。同じ家の娘だから問題ないだろうということで」

当時の皇后はフランソワーズより二歳年下と若くはあったが、容姿はずっと地味で大人しく目立たない娘だったのだとか。似ているところは目の色くらいだったのだという。

レアにとっての皇后は凛とした威厳を纏っているか、私生活では朗らかで可愛い女性というイメージだ。どちらとも違っていたので戸惑ってしまった。

「今の皇族そのものの皇后陛下からは想像できないでしょう。いやはや、陛下みずからの努力もあるのでしょうが、年月とはすごいものですな」

次に話を聞いたのはレーニエ公爵。

一本も髪のない頭部の代わりに鬚《ひげ》を長く伸ばしており、東洋の神話に登場する仙人を連想させる。

今年八十歳になるこの老人とは、宮廷の晩餐会《ばんさんかい》で知り合った。ブドウをのどに詰まらせて死にかけていたところを助けたのだ。フレールにいた頃アンジェロも同じ事故を起こしていたので、たまたま対処法を知っていたのが幸いだった。

「いやいや、趣味を手伝わせて申し訳ないね！」

レーニエ公爵は笑いながらレアを振り返った。その手には剪定《せんてい》バサミが握り締められている。

背後のバラの花木近くにいるレアも、同じハサミを手に手入れに勤《いそ》しんでいた。

「いえいえ、こんなに綺麗なバラに触らせてもらって嬉しいです」

「ぜひ好きなバラを切って持ち帰ってくれ」

「ありがとうございます。皇后陛下もバラが好きだそうなので、きっと喜びます」

皇后陛下と聞いてレーニエ公爵の手が一瞬止まる。

「その、皇后陛下はお元気かね？」

「やっぱり親戚だと気になりますか？」

レーニエ公爵家と皇后の実家の伯爵家は親戚である。レーニエ公爵家が本家、皇后の実家が分家に当たる。それゆえ皇后の動向が気になるようだった。

「そうですね。皇后……ウジェニーには苦労をさせてしまったので……」

「苦労ってなんですか？」

レーニエ公爵は一瞬しまったといった顔になったが、やがて「可哀想なことをしてしまったんだよ」と肩を落とした。

「もう聞いているかもしれないが、ウジェニーは姉のフランソワーズの身代わりに陛下に嫁いだ。そうしろと命じたのは先代のレーニエ公爵……つまり私の父だった」

一族の顔に泥を塗らないためにも、こうするしかないのだと皇后に強制した。皇帝に恥を掻くよりはよいはずだと進言もしたのだとか。

「それで丸く収まればよかったのだが……」

レアはまだ隠されていたスキャンダルがあったのかとゴクリと息を呑んだ。

「実はその五年後、フランソワーズが帰ってきてしまってね」

「ええっ」

フランソワーズは恋人と盛り上がって駆け落ちしたはいいが、すぐに金が尽きてしまい、爪に火を灯《とも》す暮らしを強いられるようになった。派手好きだったので耐えられなくなり、恋人を捨てて帰ってきたのだ。

「困ったのはフランソワーズたちの両親だよ。まあ、はっきり言って醜聞のある娘なので、まともなところには嫁がせられない。仕方なくある老貴族の後妻にやることにしたが、フランソワーズは冗談ではないと嫌がりおって」

こんなに美しい私を老人の後妻にするなんてと抵抗し、なんと元婚約者である皇帝の愛妾になろうとしたのだ。

「たらしこんで、いずれウジェニーを追い出し、皇后の座を乗っ取るつもりだっただろうなあ」

「す、すごい人ですね」

皇帝をこれ以上なく恥を掻かせる形で振っておいて、やり直せると思える神経が信じられなかった。

「まあ、それほど自分の美貌に絶対の自信があったということか。皇帝陛下と皇后陛下はフランソワーズが原因で相当揉めたと聞いている」

なるほど、それほど複雑な経緯で夫婦の間柄に亀裂が入ったのかと唸る。

「でも、結局フランソワーズ様は愛妾にならなかったんですよね？　どうしてですか？」

「それが、失踪してしてしまったんだ」

フランソワーズは実家に舞い戻ってきて数年後にはまた姿を消したのだとか。

「また駆け落ち……ではないですよね」

「まったく不明だ。以降消息は途絶えたままだ」

フランソワーズが生きていれば、事情を聞けたかもしれないのにと思うと残念だった。


レアは予想していたより込み入った事情に頭を抱えた。

原因が一つではなく、しかも数十年をかけて拗《こじ》れているのだ。まだ十代の小娘には手に負えない気がしていた。

なお、今日はユーグも宮廷の事情通と接触し、皇帝夫妻の不仲について事情聴取しているはずである。

今度は一体どんな事情を聞かされるのか。一人ベッドの上で戦々恐々として待っていると、ユーグが溜め息を吐きつつ心身の扉を開けた。

「レア、入浴はもう済ませたかい？」

「ううん。まだ。ユーグの話を聞いたら入ろうと思って」

「そうか。じゃあ、一緒に入らないか？」

「えっ」

「ちょっと素面《しらふ》じゃ話しにくいんだ」

レアとイチャイチャしながらならできそうだというので、レアはなら仕方ないとユーグとともに浴室に向かった。

皇族専用の浴室は全部で四箇所あるが、レアとユーグのお気に入りは私室に一番近い浴室だ。

純白にマーブル模様の入った大理石で作られており、中がぱっと明るく見えるからだ。ところどころに天使の彫像が設置されていて、更に湯気が立っていると天国に迷い込んだ気分になる。

中央に置かれた同じく大理石の浴槽は三、四人は入れそうな円形で、二人で漬かっても十分余裕があった。

「はあ……気持ちいい」

レアはお湯に浸《つ》かり天井を仰いだ。

ユーグも隣に腰を下ろし、レアの肩を抱き寄せる。

「天国にいるみたいね」

「君といればどこにいても天国だよ」

レアはユーグの肩に頭を預けた。

「お義父《とう》様とお義母《かあ》様も……こんな風に仲良くできればいいのにね」

浴室内を曇らせる湯気が秘密も覆い隠してくれる気がしたのだろうか。ユーグは四十年前皇帝夫妻に何があったのかと語り始めた。

「今日、当時の皇后付きの侍女に会ってきたんだ」

彼女は結婚後侍女の職を辞し、現在は息子夫婦とともに暮らしている。ユーグが何があったのかを教えてほしいと尋ねたところ、皇太子殿下にならら……と打ち明けてくれたのだと。

「度重なる不実と不幸の結果、皇后陛下は流産してしまったのです――」


元侍女は名をアンリエットという。

アンリエットは古くからある子爵家出身で当時十六歳。花嫁修業の一環として皇后の身の回りの世話をすることになっていた。

『フランソワーズ様は社交界のバラと呼ばれた絶世の美女でしたが、女性の間では人気がなく……というよりは嫌われておりました。なぜって、友人の婚約者を略奪したり、人様の夫を誘惑したりして、何組もの男女を破局に追い込んでいたからです』

ところが、女性には嫌われるタイプほど男性には好まれるものらしい。フランソワーズが皇帝に求婚されたと聞いた時には、あれほど有能な男性でも美女でさえあれば、コロッと落ちるのかとがっかりしたのだとか。

これからそんな女に仕えると思うとうんざりしたが、皇后の侍女となるのは貴族令嬢にとって大変な名誉だとされている。

『これは仕事だからと割り切るつもりでした』

ところが、挙式当日に大聖堂の控え室に現れたのは、フランソワーズではなくウジェニーだったのだから驚いた。

『華やかなフランソワーズ様に対し、ウジェニー様は地味で大人しく目立ちませんでした。整った顔立ちをしているのに、〝灰被《はいかぶ》り〟なんてひどいあだ名を付けられて……。髪が灰色だったからです。舞踏会でもいつも壁の花になっていました』

ちなみに、フランソワーズは派手な金髪だったそうだ。

『あとからフランソワーズ様が駆け落ちしたと聞きましたが、私は〝ああ、やっぱりね〟と思いました。皇帝陛下はフランソワーズ様の趣味じゃなかったんですよ』

皇帝ジョセフは当時三十歳。「執務帝」と呼ばれるほど政務に勤しんでおり、大変真面目で堅物だと有名だった。

臣下や国民には善政を敷く皇帝と慕われていたが、肝心のフランソワーズのジョセフの評価は以下のようなものだった。

『皇帝陛下の地位と権力は魅力的だけど、容姿があれじゃあねえ。山ほど宝石を贈ってくれるならともかく、寄越したのは花と手紙だけなのよ。いくら皇帝だってケチなら意味ないわ』

確かにジョゼフは高身長ではなかったし、女性から見て魅力的と言える顔立ちでもなかった。

それにしてもひどい言いようだとアンリエットは眉を顰《ひそ》めたのだという。

しかし、皇帝からの求婚を一貴族令嬢が断れるはずもない。フランソワーズの実家の本家に当たるレーニエ公爵家も手伝って、結局フランソワーズは渋々ジョゼフと結婚することになった。

『結果、フランソワーズ様は逃げてしまって、ウジェニー様を身代わりにしようということになったわけです』

その日控え室に連れて来られたウジェニーは、意外にも落ち着いており、覚悟を決めた表情をしていた。

アンリエットが不安ではないかと尋ねると、「不安だけど、嬉しくもあるから」とポツリと応えたのだという。

『私、ずっと皇帝陛下をお慕いしていたから、身代わりでも嬉しいの。誕生日にこんなプレゼントを神様からもらえるなんて……これから一生懸命お仕えするわ――』

「――ええっ」

そこまで聞いてレアは思わずユーグを見上げた。

「お義母様はお義父様が好きだったの⁉」

「みたいだね」

「じゃあ、どうして不仲になっちゃったの」

「それが……」

ユーグは言葉を濁した――。

――ジョセフは身代わりに宛《あて》がわれた花嫁を気に入らなかったらしい。

姉のフランソワーズとは容姿も性格も正反対なのだから仕方ないとはいえ。結婚したばかりの頃はウジェニーに辛く当たっていたそうだ。

『ウジェニー様を遠ざけて無視していたんですよ。それでも、年月は人の心を溶かすようですね。ウジェニー様の献身的な愛情に次第に皇帝陛下も絆《ほだ》されたのか、五年後には仲睦《むつ》まじい夫婦となっていたんです』

更に、念願の懐妊が確認されたことで、二人は自分たちも父と母になれると喜んでいたのだ。

ところが――。

『よりによってまだ安定期に入っていないその頃、フランソワーズ様が実家に出戻ってきたのです』

フランソワーズは両親が味方してくれないと知ると、自分の崇拝者だった貴族の男を誑《たぶら》かして宮廷に潜り込んだ。

そして、ジョゼフの愛妾になろうとしたのだという。

舞踏会や晩餐会で人目も憚《はばか》らずにジョセフにベタベタし、あろうことかウジェニーが隣にいても誘惑しようとした。

フランソワーズにとってウジェニーは皇后になろうが、見下すべき陰気な妹でしかなかったのだ。

さすがのジョゼフも一度自分を捨てておいて、貧乏暮らしに飽きたからと金目当てに近付くとは、いくらなんでも都合が良すぎると腹が立ったのだろう。初めはまったく相手にしなかったらしい。

ところが、ウジェニーが悪阻で寝込む日が増えてくると、次第にフランソワーズへの態度が変化してきたのだ。

『だんだんフランソワーズ様が近付くのを許すようになりまして。私を含む侍女たちは危機感を覚えてフランソワーズ様に注意しましたよ。せめて公の場で陛下にベタベタするのは止めてほしいって』

　しかし、フランソワーズは人の忠告を素直に聞く女ではない。

『あら、どうして？　あの灰被りが全然人前に出てこないのに？　こんな時こそ愛妾が必要でしょう』

　と、涼しい顔だった。

　アンリエットは悔しかったがもう何も言えなかった。

『ウジェニー様は陛下のお子を身籠もっているんだとどれほど暴露したかったことか』

　しかし、ウジェニーの妊娠は緘口令《かんこうれい》が敷かれていた。ウジェニーの侍女と一部の重臣にしか知らされていなかった。無事生まれるまで公開しないと決められていたのだ。

　何せ皇室は子に縁遠い家系である。ジョセフも細心の注意を払って無事出産させたかった。そのため、ウジェニーに余計なストレスは与えないようにしようと配慮した結果だった。

『それに、あの女のことです。ウジェニー様が身籠もっていると知れば、嫉妬で何をするかわかりません』

　ウジェニーが皇帝の子を出産してしまえば、たとえ女児であれ、皇帝の子を産んだ皇后としての地位が確立される。男児であれば国母となり盤石となる。フランソワーズが愛妾となって皇帝を操ることが難しくなる。

『ウジェニー様が出産されればあの女も引かざるを得なくなるはずだ――そう信じて陛下とフランソワーズ様が逢い引きをしている様子を見守ることしかできなかったのです』

　そんな中、事件が起こった。

　寝込んでいたはずのウジェニーがなぜか寝室から出てきて、階段を下りようとしたところを何者かに突き飛ばされたのだ。

『大騒ぎになりましたよ。すぐに宮廷医が呼ばれましたが、すでにお腹《なか》の子は流れてしまっていて、どうすることもできませんでした』

　更に運が悪いことにウジェニーは後遺症で子が産めなくなってしまった。

『この件は当然内密に捜査が行われました。犯人はフランソワーズ様に違いないと囁かれておりましたわ。なぜって、事情聴取を受ける前に失踪してしまったからです』

　結局、容疑者が行方不明ということで捜査は終了し、ウジェニーが身籠もったことも公にされぬまま、小さな命とともに葬り去られてしまったのだ――。


　――レアは思わず口を両手で覆った。

「お義母様が妊娠したことがあったなんて」

「あの子が生まれていればときっと何度も考えたと思う」

　レアはまだ子もいなければ身籠もってもいない。だが、我が子を失う辛さは容易に想像できた。

「それでね、本題はここからだ」

レアはこれ以上の衝撃的な事実があるのかと目を見開いた。

ユーグが珍しく躊躇している。

「皇后陛下を突き落とした犯人は、皇帝陛下じゃないかって噂があったそうだ」

「ええっ」

「フランソワーズの魔性に誑かされた皇帝陛下が、皇后陛下の命を狙ったんじゃないか。あるいは、フランソワーズと共謀して暗殺者を雇い、我が子ごと殺そうとしたんじゃないか……ってね」

「そんな……！　だって、自分の子どもを妊娠しているのに⁉」

それこそ狂気の沙汰だ。

「皇后陛下も薄々気付いているから、皇帝陛下と不仲なんじゃないか……これがアンリエットから教えてもらったすべてだ」

レアは呆然とお湯の表面に目を落とした。相変わらず湯気が立ち上っていて、映った自分の顔も見にくい。

「ねえ、ユーグ」

レアはユーグの腕を取って両手で抱き締めた。ちょうど胸の谷間に挟み込む形になったからか、ユーグの肩がピクリと反応する。

「私はお義父様がそんな人だとは思えないの。確かにあんまり話したことはないわ。ちょっと近付きがたい方だし」

公の場での皇帝ジョセフはまったく笑わない。いつも口を引き締めて厳格そのものの雰囲気を放っている。

「でも、皇室と帝国の未来を誰よりも心配して、私をあなたの妃にまでした方がそんな真似をするとは思えないの」

どれほどの重責を背負っても逃げなかった皇帝が、我が子を身籠もった皇后を傷付けるとは思えなかった。

「ユーグはどう思う?」

「……」

ユーグはレアの腰を攫《さら》った。

「きゃっ」

伸ばした自分の足の上に座らせ、腹部に手を回して抱き寄せて、濡れた黄金の巻き毛に覆われた後頭部に口付ける。

ユーグの厚い胸板がレアの背に密着する。湯に濡れた筋肉の感触にレアの心臓がドキリと鳴った。

「僕も皇帝陛下がそんな愚かな真似をするとは思えない」

ユーグは皇帝も誰よりも不正や犯罪を嫌う人だと語った。

「皇帝陛下は帝国で初めて王侯貴族に税金を課す法律を制定したんだ。即位した頃は飢饉と疫病で大陸全土が苦しんでいて、救済と復興のために財源が必要だったから」

無税が貴族の特権のひとつでもあったので、この法律に貴族たちは大反対。しかし、皇帝はこの時ばかりは権力を行使して強引にことを進めた。

「貴族たちの中には陛下に賄賂を贈り、自分だけは無税にしようと企む輩《たくら》も少なくなかったそうだ。だけど、ある事件を境にそんな貴族はいなくなった」

「どうして……」

「陛下の実家が自分たちは皇帝を輩出したから、咎められないだろうと脱税しようとしたんだ。でも、皇帝陛下は自分の両親にすら容赦なく罰を下した」

実の親であれ法を犯した者は罰する――厳格なその姿勢に王侯貴族たちは震え上がった。

「僕もそんな方が犯罪に手を染めるとは思えない」

「……」

レアはついくすりと笑ってしまった。

「ユーグとお義父様、ちょっと似ているのね。血は繋がっていなくてもやっぱり親子だわ」

「僕とあの方が？　どこがだい？」

「……内緒」

それにしても、皇后は誰が犯人だと考えているのだろう。また、真犯人は誰だったのか。

「……よし」

レアはユーグの腕の中で頷いた。

「ねえ、ユーグ。私、お義父様と一度お話ししてみるわ。」

老人受けの良さをここで使わねばいつ使わぬのか。

「大丈夫かい？」

「大丈夫にしなくちゃね」

レアが顔を上げて微笑むと、ユーグも笑う。

「君が大丈夫だって言うと本当にそんな気がするな」

「えっ、本当？」

ユーグや皇后が何かと褒めてくれるので、少しは自信がついてきたからだろうか。

「頑張らなくちゃね。せっかく結婚できたのに、ずっと仲が悪いままでいるなんて悲しいもの」

もし自分たちに首尾良く子どもが生まれたら、二人には祖父母として一緒に可愛がってほしいのだ。

「……レア」

ユーグがレアの腹に回した手に力を込める。

「そろそろ僕たちも仲良くならないか」

「えっ、仲良くって……」

今までも二人で入浴中イチャイチャしたことはあったが、まだ体を重ねるところまではいっていない。

レアとしては物足りなかったのだが、本来身を浄《きよ》めるための浴室なのだ。ユーグも最後までやる気にならないのだろうと捉えていた。

「その……ユーグはお風呂の中でも大丈夫なの？」

ユーグはくすりと笑ってしっとりとした長いブロンドに口付けた。

「もちろんだよ。ずっとそうしたかったんだけど、さすがに湯船の中ではと思っていたんだ。だけど」

腹に手を回して湯に濡れたのレアの体を抱き寄せる。その拍子に湯に火照った乳房がプルンと揺れた。

「んあっ」

湯気よりも熱い息を耳の後ろに吹きかけられ、耳と首筋にゾクゾクと震えが走る。これから始まるめくるめく一時への期待と一抹の恐れからの震えだった。何せユーグに抱かれると身も心も彼一色に染まってしまい、他に何も考えられなくなってしまうのだから。

「湯気の中で見る君が可愛すぎて」

熱っぽい言葉とともにユーグの唇がまだ小刻みに震える首筋へと下る。

「ひゃんっ」

鼻にかかった声が甘く浴室に響いた。ちゅっと音を立てて肌を吸い上げられ、続いてピリリと軽い痛みが走る。キスマークを付けられたのだろう。だが、その痛みすら快感に変換される。

「ゆー、ぐぅ……」

「レア、その声……もっと聞かせて」

ユーグはお湯の熱と体内から湧き上がる熱、そして心臓の鼓動の激しさから、薄紅色に上気してわずかに上下している両乳房をぐっと掴んだ。

「やぁ……ん……あっ」

柔らかかつ張りのある乳房に武骨な指先が食い込む。

時には潰れてしまいそうなほど強引に、時には撫でるように優しく緩急をつけて揉み込まれ、薄紅色の乳首がピンと立つ。

時折そこを軽く指先で捻られると、湯の中の足がビクンと引き攣った。

「いっ……やあっ……んあっ」

レアの体の奥がユーグに与えられる熱で溶けていく。

「や……あん……ひゃんっ」

レアは足の狭間《はざま》から湯ではないものが漏れ出るのを感じた。

「あっ……だ、め……」

これでは湯が汚れてしまうと言おうとしたところで、ユーグにぐっと腰を持ち上げられる。

「ゆ、ユー……」

「もう何も考えなくていい。僕のことだけ、感じていて」

続いて蜜口にすでにいきり立っていた肉棒を押し当てられた。

「あっ……あああっ……」

真下から湯とともに体内に圧倒的な質量のそれを押し込まれる。湯が抵抗力になっているのかいつもより動きがゆっくりで、それだけに一層ユーグの分身の存在感を思い知ってしまう。

肉棒が隘路を征服するのと反比例して肺から空気が押し出される。

「いっ……あっ……あっ……んあっ」

ズンと体の奥に衝撃が走る。

「……っ」

レアは背を仰け反らせて息も絶え絶えに目に涙を浮かべた。内臓を押し上げられる感覚に身《み》悶《もだ》える。同時に、ユーグと寸分の隙間もなく繋がっているのだと気付いて全身が震えた。

レアの心の声をユーグが代弁する。

「体が一つになったみたいだね」

「……っ」

ない混ぜになった圧迫感と快感と羞恥心で混乱し、反射的にユーグと距離を取ろうとする。

だが、ユーグはそれを許さなかった。

ユーグが「まだだよ、レア」と、やはり途切れ途切れの艶を帯びた声で囁き、くびれた腰をぎゅっと掴む。

「あっ……」

次の瞬間、体を持ち上げられる。隘路からずるりと逸物《いちもつ》が引き抜かれ、内壁をする感覚に身悶える間に、再び腰の上に落とされ喉の奥から悲鳴に近い嬌声が漏れ出た。

「ひいっ……あっ……そんな……ぁっ」

ユーグはレアの言葉にならない哀願を無視し、今度は前後左右に激しく揺すぶった。ぐりぐりと中で蜜を掻《か》き回され視界も回る。

「あっ……あっ……んっ……あっ……」

喘ぎ過ぎて喉が嗄れかけている。ユーグに激しく責められる女体もまた力を失っていた。

「レア」

不意に名を呼ばれ、朦朧《もうろう》としたまま振り返る。すると、今度は湯と快感の唾液に濡れた唇を吐息ごと奪われた。

「ん……ん」

すぐそばにある大好きなロイヤルブルーの瞳の色を確かめたいのに、もう頭がクラクラしている上に湯気が邪魔してよく見えない。

「レア、顔を見せて」

ユーグも同じ思いだったのか——そう問い返す間もなく再び腰を持ち上げられた。

「あっ……」

腕の中で体を反転させられ、正面から向き合う形になる。

湯気が一瞬途切れ、濡れた漆黒の前髪の狭間から、深い青い双眸が露わになる。その眼差しはレアだけに向けられていた。

「レア……」

ユーグの熱を帯びた声が途切れる。同時にパシャンと水音がしたかと思うと、三度いきり立つ肉棒で真下から深々と貫かれた。

「うぐっ……」

今までになかった喘ぎ声を上げてしまい、衝撃に手から力が抜け落ちだらりと下がる。

「ユー、ぐぅ……」

「レア、可愛いよ」

ユーグはなおも腰を動かした。

「……っ」

レアは最後の力を振り絞ってユーグに縋り付くように両脇に手を差し入れる。すると、相変わらず繋がったままだし、心臓の鼓動は早鐘を打っているが、不思議と落ち着きが戻ってきた。脱がなければそうとわからない逞しい肩に額を押し付ける。

「レア？」

「こうしているとほっとして……」

満たされてずっとこのままでいたいと願ってしまう。

「僕もだよ」

ユーグはまたレアの細腰をぐっと掴んだ。

「あっ……」

「だから、もっと深く繋がりたい」

ぐっと腰を押し当てられる。体の奥を更に深く突かれる衝撃に、レアは再びその背を仰け反らせた。

皇帝ジョゼフは執務帝と呼ばれるだけあって、早朝目覚めて洗顔、着替え、朝食を済ませ八時には執務を開始。

時折重臣との会議に出席し、また執務室に戻って執務、執務、執務。昼食も執務をしながら軽食で済ませるらしい。ざっと一日十時間から半日は働いていると思われる。平民の労働量よりもはるかに多い。

レアは初めアポイントを取り、時間を作ってもらうつもりだったが、なんと数ヶ月先まで予約で埋まっているとのこと。

それでは結婚記念日も皇后の誕生日も過ぎてしまう。仕方なく、強行策を取らざるを得なかった。

正午から数分間は衛兵が入れ替わるので、皇帝専用の執務室前は束《つか》の間《ま》警備の目がなくなる。

レアはその時間を狙って執務室の扉を叩いた。

「誰だ。この時間に人は入れぬように命じていたはずだ」

「あ、あのっ、レアです」

「……」

扉の向こうが一瞬静まり返る。

「……レアか。入れ」

約束事にも厳格だと聞いていたので、冷や冷やしていたのだが、すんなり許してくれたのでほっとした。

書斎机の前に立ち一礼する。

皇帝はすっかり白くなった髪を丁寧に整えており、同じく手入れされた鬚が風格を与えている。がっしりした体格に軍服風の漆黒の略装が似つかわしい。

美形ではないかもしれないが、男性らしくしっかりとした顔つきで、若い頃はさぞかし逞しく頼もしく見えたに違いなかった。皇后が恋に落ちるのもわかる。

レアはおずおずと切り出した。

「実は相談したいことがありまして……」

「相談？　どうした」

「もうすぐお義母様のお誕生日でしょう。プレゼントを贈りたいんですが、私お義母様の趣味を全然知らないので、お義父様に教えていただきたくて」

「……」

皇帝がしばし言葉を失う。

「あの、お義父様？」

「ああ、少々驚いただけだ。……お義父様なんて呼ばれたのは初めてだったからな」

レアははっと口を押さえた。

皇后をお義母様と呼ぶようになって以降、合わせて皇帝もお義父様と勝手に呼んでいたのだ。

「申し訳ございません！　不快でしたら改めます」

「……いいや、いい」

皇帝は「お義父様か……」と呟いた。

「悪くはないな」

引き締められていた唇がかすかに綻ぶ。

「これからもお義父様で構わん。ウジェニーの趣味を聞きたいのか？」

「は、はい……」

皇帝はふと遠い目になった。その褐色の瞳はここではなく、現在でもないところを見ている。

「あれは花ならフジやスミレが好きだな。宝石ならアメジストが」

「あっ、紫がお好きな色なんですね」

レアは「ん？　スミレ？」と首を傾げた。皇后がつけていたスミレのブローチを思い出したからだ。

皇后はあのブローチを「昔好きだった人がくれたものなの」と説明していた。

『〝この宝石、君の瞳と同じ色だったから〟ってね』

「……」

まさかと皇帝をまじまじと見つめる。

「どうした」

「昔、お義母様に宝石を贈ったことはございませんか？　例えばブローチとか……」

「もちろん贈っている。ウジェニーは皇后だ。それなりの高級品を身に着けるのは、義務のひとつでもあるからな」

面白みのない返答にがっくりする。

「宝石類はもうたくさんお持ちになっていそうなので、別のものにした方がいいかもしれませんね。スミレ柄の生地とか」

「ああ。それなら喜ぶだろう。……レア」

皇帝はなぜかわずかに視線を逸らした。

「私が助言したことはウジェニーには教えないよう」

「えっ、どうしてですか？」

「……私が関わっていたと知れば気分を害するだろうからな」

皇帝は相変わらずむすっとした表情だったが、その眼差しに一抹の寂しさが混じっている気がした。


宮殿の敷地内には温室があり、レアのお気に入りの場所の一つだ。

ガラス造りの室内には素朴な野の花から品種改良されたバラまで、世界中の様々な植物が集められており目を楽しませてくれる。

だが、その日のレアは片隅の区画にしゃがみ込み、片隅の区画に植えられたスミレの花ばかり見つめていた。

「レア、やっぱりここにいた」

「あっ、ユーグ」

「何を見ているんだい？」

ユーグはレアの視線を追った。

「ああ、このスミレか。皇帝陛下が軍事演習で属国に行った時採取してきたものだそうだ。寒い中で咲くスミレは珍しいと言ってね」

「お義父様が？」

改めてスミレをまじまじと見つめる。

「……ねえ、ユーグ。お義母様もよく温室に来るわよね」

「植物の手入れが趣味だからね」

それだけではない。このスミレを観賞しに来ているのではないか。

「お義父様とお義母様って仲がよくないと思っていたけど……実はそんなことはないんじゃないかしら」

皇帝は皇后の趣味をよく知っていた。

「関心がない相手の趣味を知ろうって気にはならないと思うの。それに、ちょっと気になることを言っていて」

なぜ自分が関わっていたと知れば、皇后が気分を害するなどと考えたのだろう。過去フランソワーズと浮気をしていたからか。

「お義父様はお義母様に嫌われているって思っているんじゃない？」

ユーグはレアの話を聞き「なるほどな」と頷いた。

「皇后陛下は……どうなんだろうな」

「う……ん。あのね、お義母様が時々着けているブローチがあるでしょう」

「……そうなのか？」

「もう、ユーグって本当にお洒落《しゃれ》に感心がないのね」

レアは苦笑しつつも銀台のスミレのブローチについて語った。

「あのブローチはお義父様にもらったものじゃないかしら」

ウジェニーはあのブローチは昔好きだった人から贈られたものだと言っていた。

「お義母《かあ》様は結婚する時、身代わりでもお義父様と結婚できるって喜んでいたでしょう？」

そのブローチをずっと大事にしていたということは、今でも皇帝に慕情を抱いているのではないか。

「なら、どうして不仲に見えるんだろうな」

二人は寝室や私室を分けており、家庭内別居状態なのだそうだ。公の場以外で一緒にいるのも見たことがないと。

「ねえ、ユーグ。お節介かもしれないけど、私たちで一度場を設けてみない？」

結婚記念日と皇后の誕生日はいい機会だ。

「でも、あの二人を同じ席に引っ張り出すのは難しそう」

「……」

　ユーグは顎に手を当てて首を傾げていたが、やがて「僕に任せて」と小さく頷いた。レアに耳打ちをして作戦について説明する。

「それはいいわね」

　ユーグは肩を竦めて苦笑した。

「あとで叱られるかもしれないけどね」

「連帯責任よ。その時は一緒に怒られましょう」

　こうして二人は一週間後の結婚記念日兼、皇后の誕生日を迎えることになったのだが――。


　皇帝夫妻の結婚記念日と皇后の誕生日には記念式典が執り行われる。その後大聖堂でミサを挙げ、晩餐会を開催するのがいつもの流れだった。

　すべてが終わり招待客らが帰るのは午後九時。その頃には厳冬の夜空に煌々とした満月が浮かんでいた。

　皇帝夫妻は玄関広間で最後の招待客の一人を見送り、背後に控えていたレアとユーグを振り返った。

「二人ともご苦労だったな。部屋に戻るといい」

「また今度ね」

皇帝と皇后は案の定そこで別れ、別々の部屋に向かおうとした。

レアとユーグは目配せをし合い、それぞれこっそり二人のあとを追った。

「お義母様！」

レアが途中の廊下で声を掛けると、皇后はすぐに立ち止まってくれた。

「あら、どうしたの？」

「お義母様にプレゼントがあるんです。せっかくだからお月見をしながら渡したくて……」

「まあ、ありがとう。嬉しいわ」

皇后はなんの疑いもなくレアについてきてくれた。

「娘からプレゼントをもらえるなんて、生きているといいことがあるものね」

「これからもたくさんありますよ」

「……そうだといいんだけど」

レアが向かった先はあの植物園を兼ねた温室だった。ガラス造りの天井から満月がよく見える。

「ここなら寒くないし、よく月も見えるでしょう？」

「本当ね。温室でお月見をするって発想がなかったわ」

皇后は感心したように天井を見上げた。

「この温室、暖かいわね。年寄りにはありがたいわ」

肩を覆っていたショールを外して腕にかける。

「私、ここで花を見るのが好きなのよ」

「ええ、知っています。スミレが特にお好きなんでしょう?」

「えっ、どうしてそれを知って……」

皇后が驚いて足を止める。そこはあのスミレの区画前だった。

レアはくるりと振り返ると、同じく背後でぎょっとしている皇帝を振り返った。その隣でユーグがウインクをしている。

どうやら温室で二人を会わせる作戦は成功したようだ。

「お義父様」

レアに呼ばれて皇后を凝視していた皇帝がはっとする。

レアはその胸にリボンのかけられた小箱を押し付けた。

「色々考えたけどやっぱり宝石にしました。お義父様からのアドバイスを参考に作らせたので、お義父様が代表してお義母様にプレゼントしてください」

皇帝が珍しく焦った表情になる。

「お、おい!」

「それでは僕たちお邪魔虫は退散します。あとは二人でごゆっくりお過ごしください」

「ちょっと待って!」

皇后は慌ててレアを止めようとして、続いてかけられた一言に目を見開いた。

「お義母様、このスミレ、お義父様が軍事演習先から持ち帰ったものだそうです。お花をお好きだなんて聞いたこともないのに不思議ですね。一体誰のためでしょう？」

続いてユーグも皇帝に話を振った。

「皇帝陛下、皇后陛下が時々銀台のスミレのブローチを着けていたことをご存じですか。なんでも昔好きだった人に贈られた品だそうですよ」

皇帝は驚いて皇后を振り返る。

「スミレのブローチ……？」

二人が見つめ合う間にユーグとレアはその場から離れ、植え込みの陰に隠れて様子をうかがうことにした。

「気まずいからって二人とも帰ってしまったらどうしよう」

「その時はその時さ」

しかし、皇帝も皇后もその場から離れようとしない。その上何も話そうとしないでハラハラしていると、皇帝が「……まったく、ユーグたちにも困ったものだ」と呟いた。

「レアの影響だな。あの子がユーグを悪戯っ子に変えてしまったようだ」

皇后は皇帝を驚いたように見つめていたが、やがて「いいじゃありませんか」とくすりと笑った。

「ユーグは最近よく笑うようになりました。昔のあなたにそっくりだと思っていたんですけどね」

「……昔の私はどんな男に見えた」

「そうですねえ」

皇后はスミレの群生の前にしゃがみ込んだ。

「不器用な人かしら」

「……」

「あら、不満ですか?」

皇帝はしゅんとしていていつもの迫力が消《き》え失《う》せている。

「……いや。そうとしか思われないおのれが不甲斐《ふがい》なくてな」

「けなしているんじゃありませんよ。優しいけど不器用な人と言った方がよかったかしら」

皇后はスミレに手を伸ばし一輪摘もうとし、「せっかく一生懸命咲いているのに可哀想よね」とすぐに止めた。

「せっかく異国に来てくれたのに」

腰を上げ皇帝を見上げて柔らかに微笑む。

「このスミレ、あなたが持ち帰ったんですって?」

「……ああ」

「嬉しいわ。私、スミレが大好きなの」

「……知っている」

皇帝は胸に着けられたブローチに目を向けた。

「そのブローチは……」

「昔憧れていた方にいただいたものです」

「なぜお前が持っている？」

皇帝は呆然と目を瞬かせている。

皇后は苦笑して「あの日森であなたと出会い、このブローチを受け取ったのはお姉様ではありません」と答えた。

「わからなくても無理はないですね。私は十五の頃大病を煩って、その時髪が金髪から灰色に変わってしまったんです」

レアとユーグは顔を見合わせた。会話の内容がさっぱりわからなかったからだ。

皇帝にとってはよほど衝撃的だったのか、拳《こぶし》をぐっと握り締めている。

「……どうしてもっと早く言ってくれなかった」

「あなたはお姉様を森の少女だと思い込んでいましたし、私も醜くなった自分を知られたくなかったの」

少女のくだらない見栄《みえ》かもしれなかったが、当時は真剣だったのだと皇后は語った。

「なのに、運命って皮肉ね。あなたは姉を私だと思い込んで姉を娶ろうとしたのに、結局私があなたの花嫁になってしまった」

「……お前は醜くなどなかった。今もだ」

皇帝は唇を噛《か》み締《し》めた。

「髪の色くらいどうでもよかったんだ。……ああ、だが、容姿に気を取られ、お前がお前だと気付かなかったのは私だ」

フランソワーズとウジェニーは容姿は似ていても、内面は光と闇のように対照的だったのにと唸る。

「だが、そうか。だから私はお前に惹かれていったのか……。森の少女が社交界に毒されて変わってしまったのではなく、最初からフランソワーズは森の少女ではなかった……」

「そんなに罪悪感を抱かなくていいのよ。やっぱり美しいお姉様の方がいいと思ったのは当然のことだわ。それに、私はあなたにそれ以上に申し訳ないことをしてしまったし……」

皇帝が「……違う」と呻く。

「気を遣わないで。皇帝が愛妾の一人や二人囲うのは当然――」

「違う！」

レアはびくりと肩を振るわせた。皇帝の大声を聞くのは初めてだったからだ。

「……私は、あの頃にはもうお前しか見えていなかった。お前が何者でも構わなかったんだ」

だが、フランソワーズに接触する必要があったのだと皇帝が語る。

「お姉様に接触？　なぜそんな……」

「フランソワーズには他国のスパイの疑いがあった」

衝撃的な告白にレアとユーグも仰天する。

「しきりに私とお前の情報を探ろうとしてきたんだ」

フランソワーズは色仕掛けで皇帝を落とそうとしてきた。皇帝はその言動に違和感を覚えたのだという。

「フランソワーズは口では甘い言葉を囁いてきたが、目が恋する女のものでも、金目当ての女のものでもなかった」

ゾクリとするほど冷酷な眼差しで、人間だとすら思えなかったと。

宮廷の権謀術数を嫌というほど目にしてきた皇帝は、フランソワーズの悪意を感じ取って警戒した。こうなれば逆に目的を探ってやろうと、あえて色仕掛けに掛かった演技をしたのだ。

「だが、結局お前と子どもを巻き込んでしまうことになった……。済まない」

隠れていたレアは息を呑んでユーグの袖を引っ張った。

「これが本当ならお義母様を階段から突き落としたのは、お義父様じゃないってことよね」

「ああ」

「じゃあ、一体誰がそんなことをしたの？」

　レアとユーグが考え込む間に、皇后が震えた声を出す。

「……なぜ、何も教えてくださらなかったのですか。なぜずっと向き合ってくださらなかったのですか」

　皇帝は「すまない」と項垂《うなだ》れた。

「私は……お前に合わせる顔がなかった。子を流させた上、二度と孕《はら》めぬ体にしてしまった。……決して許されてはいけないと思った」

「陛下のせいではないではありませんか」

「ウジェニー、私は今でもそう思えないんだ……」

　誰からも愛されずに皇帝の責務を果たし一人寂しく死んでいく、そうした人生を自分に課さなければ気が済まないのだと。

「……あなたは本当に不器用な人なんですね」

　皇后は泣いているような、笑っているような、どちらとも取れるような表情を浮かべた。

「私も、天国にいる私たちの子どもも、最初からあなたを許していたのに。ねえ、知っていた？」

　皺の浮いた手で同じく老いた皇帝の頬に触れる。

「私はずっと寂しかったのよ。あなたともっと一緒にいたかったたし、私が入れたお茶を飲ませたかったたし、くだらないお喋りに付き合わせたかったわ」

「これ、くれるのよね」と小箱を持った皇帝の手を包み込む。

「私たち、もうお爺《じい》ちゃんとお婆ちゃんよ。……明日にはどちらかが死んでしまうかもしれない。過去の自分を哀れんでいる暇はないの」

「ウジェニー……」

「やり直しましょう？　これから一日、一日を二人で大切にして、少しでも長生きしましょう。ほら、頑張れば孫が見られるかもしれないじゃない」

「……」

皇帝の言葉が途切れる。その目元にキラリと雫《しずく》が光っていた。

「陛下……いいえ、ジョゼフ。私たちって今この瞬間世界で一番幸せな夫婦よ。できのいい義理の息子がいて、可愛い娘がいて、こうして仲直りできたんだから」

ユーグがレアの肩をトントンと叩く。

「レア、そろそろ行こうか」

「……うん」

レアが一度だけ振り返ると、皇帝と皇后がそっと抱き合っているのが目に入る。

きっとこの二人はもう大丈夫。事情のすべてを把握できたわけではないが、そう思えるのが嬉しかった。

レアは寝室に入るなりベッドに身を投げ出した。

「どっと疲れた……」

「お疲れ様。作戦は成功だったね」

ユーグがくすくす笑いながらベッドの縁に腰掛ける。

レアは枕を抱き締めながら、「ねえ」と先ほどから疑問に思っていたことを口にした。

「やっぱりお義母様って一度妊娠できていたのね」

ということは、皇帝夫妻は二人とも不妊ではなかったということだ。

「本当に子どもが生まれにくいのは血筋の問題なの？　他に流産したり、死産になったり人はいない？　その人たちは何が原因で子どもを亡くされたのかしら」

「僕もそこは気になっていた」

ユーグは皇室の記録をすべて調査してみると頷く。

「他に原因があるのかもしれない」

レアは枕から顔を上げて目を輝かせた。

「それが判明すれば皇室の不妊問題を解決できるかもしれないのね」

「ああ、そうだな。その前に」

ユーグがギシリと音を立ててレアに覆い被さる。

「まず、僕たちが子作りを頑張ろうか」

「……もう」

仕方がない風を装っているが、レアもすっかりその気になっていた。

第四章　魔女と呪いと悲しみと

三月に入るとエクトール帝国にも春の足音が聞こえてくる。温室の外でもスミレやタンポポが咲き、庭園のバラ園には色とりどりの春バラが溢れる。

ようやく冬ごもりから解放され、軽やかに外を飛び回るのは小鳥やリスだけではない。寒さを避けて外出を控えていた人々も同様だった。

「妃殿下、肩に花弁がついていますわ」

萌黄《もえぎ》色のドレスの令嬢がレアの肩に手を伸ばす。

「あら、可愛いピンク。今日の妃殿下のドレスと同じ色ですね」

「バラ園から風に乗って飛んできたのかしら」

今日は温かく晴れていて絶好の園遊会日和だ。

広大な庭園の一区画を貸し切り、散策を楽しみながら、立食形式の料理やワインを嗜《たしな》む。

「妃殿下が嫁いできて来月で一年ですね」

「もう、あっという間でしたね」

「結婚記念日の晩餐会が今から楽しみですわ。そうそう、今年は皇帝陛下ご夫妻の記念日も期待できそうですね」

レアと令嬢はちらりと近くにいる談笑中の皇帝・皇后に目を向けた。

楽しそうに笑い合いながら食事を楽しんでいる。皇后の胸にはあのブローチが着けられており、耳にはお揃いのイヤリングが輝いていた。

そばでダルク伯爵とレーニエ公爵がうんうんと頷いている。

「近頃皇帝陛下、皇后陛下は実に仲睦まじいことで」

「こんな光景が見られるとは思いませんでしたなあ」

温室での一件以来皇帝夫妻はよく話し合い、長年の誤解をようやく解いたらしい。近頃はプライベートでも一緒にいることが多くなっている。

レアはほっとしてユーグの姿を探した。仲の良い皇帝夫妻を見つめているうちに、なんだか寂しくなってしまったのだ。

「どこに行ったのかしら……」

それぞれ同性の同年代と交流を深めようということで、ユーグは貴族の子息たちのところに行ったはずだ。

「あっ、いたわ」

木陰で数人の貴公子たちと何やら議論している。

レアは令嬢に断りを入れ、ユーグの元に駆け寄ろうとして、思わずその場に足を止めた。先にやって来た一人の令嬢が、すっとユーグの前に進み出てしまったからだ。

腰まで真《ま》っ直《す》ぐに伸びた黒髪の令嬢だった。白やピンク、ライムグリーンなどの淡いドレスの令嬢が多い中で、一際鮮やかな緋色《ひいろ》のドレスを見事に着こなしている。

赤紫の瞳に艶《なま》めかしい赤い唇が、陶器のように滑らかな肌の上で映えている。見え隠れする胸の谷間はレアもゴクリと息を呑むほど深く、キュッと締まった腰も足も見事な曲線を描いている。

赤い大輪のバラそのものの美女だった。

令嬢はすっとドレスの裾を摘まむと、「初めてお目にかかります」と軽く頭を下げた。

その美貌と肢体、優雅なカーテシーに貴公子たちが目を奪われている。ユーグはレアに背を向けていたのでどんな顔をしているのかわからなかった。

「私はイヴォンヌ。イヴォンヌ・ドゥ・シャルミールと申します」

その名を聞いてレアの心臓がドキリと大きく鳴った。以前皇后から聞いていた、皇太子妃候補者の一人だったからだ。

なお、シャルミール侯爵家が有力貴族だったので、政治に口出しをする外戚になる可能性があるからと、早々に候補から外されてしまっている。

まさか、これほどの美女だったのかと目を瞬かせる。同性のレアも見惚《みと》れてしまうほどに魅惑的な娘だった。

招待客たちも老若男女を問わず皆イヴォンヌに見惚れている。

イヴォンヌは全員の注目の中で赤い唇を上げた。

「一年前事故に遭い、伏せっていたのですが、ようやく回復したんです」

ユーグは小さく頷きイヴォンヌの顔を見つめた。

「イヴォンヌ・ドゥ・シャルミールか。よく覚えておこう」

イヴォンヌは再び一礼すると、身を翻して侍女と思しきところに戻った。

「……侍女？」

レアは違和感を覚えて首を傾げる。

今日の園遊会は皇帝が主催者で、公式行事となっている。

このような場には異性のパートナーを連れて来なければならないはずだ。未婚だったりまだ婚約者がいなかったりした場合は、父親や兄弟、親族の男性を伴うのが一般的である。

ところが、イヴォンヌにはパートナーらしき男性がいない。

「……なんてこと。イヴォンヌ様は殿下を狙っているのね」

「えっ」

背後から聞き覚えのある声がしたので振り返る。

「しゃ、シャルロットさん⁉」

あのスーパー侍女のシャルロットだった。相変わらずの度の強い丸眼鏡に濃紺のお仕着せのドレスである。

シャルロットは丸眼鏡をくいと上げた。

「レア様、つい先ほどフレール公国より戻りました」

その足で園遊会に駆け付けてきたのだとか。ひいふうみと指で数えてみると、確かにシャルロットが宣言したとおり半年経っている。

「本日より侍女に復帰させていただきます!」

「あ、ありがとう。アンジェロはどうなりましたか?」

「なんと一ヶ月五キロ、半年で三十キロ痩せたんですよ」

「す、すごい」

その間に運動と勉強の習慣をきっちりつけたのだとか。

「アンジェロ様はもう大丈夫だと思いますよ」

まだトリプルデブがダブルデブになった程度だが、本人が日々ダイエットに励んでいるので、あとは一人でも勝手に痩せるだろうと踏んでいると。

「皇太子殿下が派遣された顧問に指導を受けながらですが、政務にも携わるようになっています。何より影響の大きかった大公閣下がもういらっしゃいませんからね」

レアの父のフレール大公は、何があったのかは不明だが、突然錯乱し、正気を失ったせいで引退してしまっている。現在は母ともども遠方の静養地で静かに暮らしていると聞いていた。

「だったらよかったです。……シャルロットさん、すごいですね。きっとあなたにしかできなかったことだと思います」

あのアンジェロが更生できただけではない。次期大公として努力していることにレアは感動していた。

「それはともかくとして！」

シャルロットはずずいとレアに迫った。

「あの女……イヴォンヌ様にはくれぐれもお気を付けください」

「どうしてですか？　確かに綺麗な人ですが……」

「公式行事にパートナーを連れて来ない……これはエクトールでは〝私は独り身なので誘ってください〟という意味なんです」

更に真っ先にユーグの元に向かったのは、気があるという意味なのだとか。

「気があるって……」

「つまり、愛妾の座を狙っていると言うことです！」

シャルロットは鼻息荒く腕を組んだ。

「レア様がご覧になっている目の前でですよ。これはもはや宣戦布告です！」

きっと父親であるシャルミール侯爵の意向だろうと熱弁する。

「愛妾でも寵愛を得られれば皇太子殿下を通して政治の実権を握れますからね。レア様、うかうかしている場合ではございません。早くお子様のご出産を！」

「ま、待ってください。そう簡単にできるものでも……」

レアはシャルロットに言い訳しながら、もうユーグと結婚して十一ヶ月が経ったのだと愕然《がくぜん》とした。

二人とも夜には積極的で、子作りする気満々なのに、まだ妊娠すらできていない。まさか、ユーグか自分、あるいは双方が不妊なのかと恐ろしくなる。

この不安を払拭するためにすべきことはたった一つしかなかった。

「……そうですね。頑張ります」

是が非でも今年中に仕込まなければと、ぐっと両の拳を握り締めた。


園遊会終了後の庭園は打って変わって静かである。

レアは複雑な気持ちで人気のない芝生を寝室の窓から見下ろしていた。イヴォンヌを気にしたくはないのに気にしてしまう。

「……寒い」

春とはいえまだ夜は冷える。

レアは窓とカーテンを閉めて一人ベッドに潜り込んだ。

それからどれだけの時が過ぎたのだろうか。扉が二度叩かれ「入るよ」と大好きな人の声が聞こえた。

「レア、もう眠っているのかい？」

「……」

「起きているんだね。どうしたんだい？　何かあったのかい？」

「……今日イヴォンヌ様と会ったでしょう」

「ああ。事故に遭っただなんて大変だな」

イヴォンヌが事故に遭ったのは本当で、一年前乗っていた馬車が崖から転落し、今までずっと生死の境目を彷徨《さまよ》っていたのだという。一ヶ月前になって突然目覚めたのだと。

「……可哀想だと思っている？」

「それは当然さ。目覚めたら一年も経っていたって、結構ショックだろうな。……どうしてそんなことを聞くんだい？」

ユーグはベッドの縁に腰を下ろした。

「それに、なぜ布団の中に隠れているんだい。レア、姿を見せてくれないか」

「……できないわ。だって、今私、ひどい顔をしていると思うから」

ユーグは「どうして」と言いかけ、すぐに「まさか、イヴォンヌ嬢が原因かい？」と聞いてきた。

「えっ、どうしてわかったの」

「さっきレアがイヴォンヌ嬢とのことを聞いてきたから。……まさか妬いているのかい？」

いきなり図星だったのでますます顔を出せなくなる。

「だって、イヴォンヌ様はユーグの愛妾になるつもりだって聞いたから……」

「向こうはその気でも僕がその気にならなければ意味がないよ」

「……ユーグはイヴォンヌ様を綺麗だと思わなかったの？」

イヴォンヌはなんとレアより二歳年下の十六歳。自分より若いのに匂い立つような色香があり、妖艶さすら漂わせていたので敗北感を覚えていたのだ。

「うーん、特には……」

「あんなに美人なのに⁉」

レアは思わず布団の中から顔を出した。

「やっと出てきてくれたね」

ユーグが笑ってレアの頭を撫でる。

「僕が女性に興味がなかったのはもう知っているだろう」

「う、うん……」

三人の皇太子妃候補者の中から一人選べと言われ、「誰でも構いません。帝国の役に立つ女であれば」と答えたほどだとも。

「美人だとか、色気があるとか、そんなこともどうでもいい。僕にはレア一人で十分だよ」

レアさえそばにいてくればいい――ユーグはそう囁いてレアの肩をそっと抱き寄せた。

「で、でも、男の人って一人じゃ我慢できないって聞いたわ」

「男によるよ。女性だからって皆が皆甘い物が好きなわけじゃないだろう？」

言われてみれば確かにそうだ。

ユーグは優しくレアの肩を抱き寄せた。

「レア、僕は君に感謝しているんだ」

「感謝？」

「僕の家族はもうこの世にいないと思っていた。実母と妹は病でこの世を去り、実父も三年前に他界している。義父上と義母上は書類上では僕の両親だったけど、僕たちの間に親子らしい情なんてなかった」

ところが、レアが嫁いできて以来、すべてが変わったと。

「君は僕だけじゃない。義父上と義母上も変えてくれた。君がいなければ今でも僕は二人を義父上、義母上と呼べなかったと思う」

皇帝、皇后は和解後、揃ってユーグに頭を下げたのだという。今まで自分たちの都合で寂しい思いをさせて済まなかったと。

「君という妃を得ただけじゃない。両親までできたんだ」

ユーグは二人を許し、以降義父上、義母上と呼ぶようになったと語った。

「そんな君を手放せるはずがないし失いたくない。君は僕の妃で、恋人で、家族だ。他の女なんていらないいさ」

「ユーグ……」

レアは泣きそうになるのをぐっと堪えた。

「私も同じよ。フレールでは独りぼっちだったけど、ユーグと一緒になって初めて家族を持てたの」

どちらからともなく抱き合い、見つめ合い、唇を重ねる。

「……ねえ、ユーグ。今夜は私からさせて？」

レアはゆっくりとユーグをベッドに押し倒した。

「いつもしてもらっているから……ね？」

ロイヤルブルーの目がわずかに見開かれる。だが、すぐに形のいい薄い唇に笑みが浮かんだ。

「レアが僕をほしがってくれるなんて嬉しいな」

レアはユーグの寝間着の帯をそっと解いた。

「……なんだかドキドキするな」

「でしょう？」

続いてガウンをはだけさせ、逞しい胸に手を当ててそっと鎖骨に唇を落とす。最後に体を起こしてみずからの寝間着を脱ぎ捨て、息を呑むユーグの上に跨《また》がった。

今夜は子作りのためではなく、互いのためだけに熱を分かち合いたかった。

「ユーグ、私もあなただけを愛してる」

レアは頬を上気させて愛の言葉を囁きながら、背を屈めてユーグの鎖骨に口付ける。ついふふっと笑ってしまった。

「ワインとユーグの汗のにおいがする」

「……今日は動いたからな」

「私の大好きなにおいだわ」

胸に顔を埋め、今度はそっと左胸に耳を押し当てた。

「ユーグ、ドキドキしているのね」

「君といるときはいつもこうだよ」

「心臓、使い過ぎて擦り減っちゃわない？　……って、私もなんだけどね」

夫婦となり何度体を重ねただろうか。だがお互いまったく飽きない。いつも相手の新しい一面や快感を発見できるから。

「そう言えばレアを見上げるのは初めてだな」

「ね、なんだか新鮮」

ユーグを上から見下ろすと、この人を自分だけのものにしたい――そんな征服欲と独占欲がより高まっていく。

「ねえ、ユーグもこんな気持ちでいたの？」

「……」

ユーグはレアの心境を察したのだろう。照れ臭そうに「多分そうだ」と苦笑した。

「君を僕だけのものにしたいっていつも思っていたよ」

「ユーグ……」

胸に愛おしさがこみ上げてくる。

レアは情熱のままにユーグの寝間着をはだけさせた。合わせ目から見え隠れしていた厚い胸板が露わになる。

「……」

脱がしながらついあちらこちらをまさぐってしまう。思いの外広い肩も、しっかりとした二の腕も、筋張った指の長い手もだ。

レアはユーグの上半身を見、触れる際、一見細身なのにといつも感動してしまう。まぎれもなく大人の男の肉体で、柔らかく頼りない自分とは違って、かたい筋肉で覆われているのだから。

何を考えているのかをまた察したのだろう。すかさずユーグが「僕もそうだよ」と微笑んだ。

「こんなに小さくて華奢に見えるのに、脱ぐと女神みたいに綺麗な体だ」

「……もう、今は黙って！」

過分な誉《ほ》め言葉に頬も体も熱くなる。レアも寝間着を脱ぎ捨てその体を曝《さら》け出した。

華奢な肢体にしてはたわわな乳房がふるりとまろび出る。

「ね……ユーグも触って」

レアはユーグの手を取り右の膨らみに導いた。

大きな手の平が熱を帯びた乳房を包み込む。掴み切れなかった柔肉が指の隙間からはみ出した。

「あ……ン」

甘い喘ぎ声がレアの愛らしい唇から漏れ出る。するとたちまちユーグの分身がいきり立ち、レアの内股にコツンと当たった。

ユーグの体がピクリと震える。

「もう……したい？」

「ああ。今すぐにでもレアが欲しい」

「……私も、ユーグがほしい」

熱っぽい視線が宙で交差する。

それを合図にしてレアは恐る恐るユーグの雄の部分に触れた。

熱く、かたくなってユーグの情熱と劣情を代弁している。手で握ろうとしたが掴み切れない。

今までこんな逸物が自分の体に入っていたのか——ごくりと息を呑み、恐る恐るすでに潤ったそこに押し当てる。

「は……あっ……」

ゆっくり腰を落とすとズブズブ濡れた音が耳を嬲《なぶ》り、ユーグの肉の槍《やり》が隘路を貫いていく。聴覚をも犯される錯覚を覚えながら、レアはユーグのすべてをみずからの体の内に収めた。

体の奥に到達した感覚にぶるりと身を震わせ、潤んだ目でユーグを見下ろす。

「下手だったら……ごめんね」

腰をいかにも不器用そうに前後に動かすと、汗にしっとり濡れていた乳房もワンテンポ遅れて揺れた。

「レア」

レアを見上げるロイヤルブルーの瞳の奥には情欲の炎が燃えている。

「……最高だ」

ユーグは言葉とともにレアの腰を掴みぐっと引き寄せた。

「あっ……！」

これ以上入らないと思っていたのに奥の奥を抉《こ》じ開けられそうになり、背筋に雷が走って死に掛けの魚のようにビクビク身を痙攣させる。

続けざまに不安定に揺れる両の乳房を鷲掴《わしづか》みにされ、ぐっと引き寄せられたことで、バラン

スを失いユーグの上に倒れ込みそうになる。

「だ……めっ。今夜はっ……」

私が最後までしてあげるつもりだったのに——その言葉もお返しにユーグから与えられる快感の中で消えてしまった。


レアはイヴォンヌを警戒していたが、それでもシャルロットは考えすぎだと捉えていた。

園遊会には皇太子妃である自分だけではない。この国の頂点に君臨する皇帝と皇后もいたのだ。

侯爵令嬢ともあろう者が公の場で既婚の皇太子を誘うなどという、非礼スレスレの大胆な真似をするとは思えない。

何か他の理由があったのではないかと考えていたが、その推測は甘かったのだと早々に思い知らされることになった。

イヴォンヌはあれから宮廷の公式行事に欠かさず出席するようになっただけではない。やはりパートナーを連れて来ず、必ずユーグに声を掛けるのだ。

当然皆がその意図に気付くし、噂をするようになる。

「イヴォンヌ嬢が殿下の愛妾になろうと画策しているようだ」

「でも、あんなに仲睦まじいお二人の間に入り込めるかしら？」

「仲睦まじいからだろうさ。一年も経てば飽きが来る頃だ」

レアはユーグを信じていた。もうまったく疑っていなかった。それでも、嫌でも耳に届く噂にはうんざりした。

更にイヴォンヌ本人だけではなく、彼女の父親のシャルミール侯爵も乗り気なので頭が痛い。

一度だけイヴォンヌが体調不良で舞踏会を欠席したことがあった。

ところが、代わって今までシャルミール侯爵が現れ、レアに接触を図り、更にみずから娘を推してきたのだ。

「これは、これは妃殿下、よろしければ一曲踊っていただけませんか」

その時ユーグは皇后と親子でダンスを楽しんでいたので、レアは断りづらく誘いを受けるしかなかった。シャルミール侯爵は有力貴族なので、極力敵に回さない方がいいという判断だった。

シャルミール侯爵はレアと踊りながら、他の誰にも聞こえぬようその耳元に囁いた。

「妃殿下、ご提案がございまして。これは妃殿下のためでもございます」

どうせろくでもない提案だろうとげんなりしていると、案の定イヴォンヌを愛妾に推薦してくれないかと頼んできた。

「そろそろ殿下とご結婚されて一年でしょう。なのに、ご懐妊された様子はない……。何、贅沢《ぜいたく》は申しません。我が娘イヴォンヌをスペアにしてはいかがでしょうか」

「……スペア？」

「その通りです。イヴォンヌは健康ですし、殿下のお子を孕めるに違いない。妃殿下はその子を引き取ればいいだけの話です。もちろん、私がそのお子の後見人となります」

「……考えておきましょう」

レアの当たり障りわりない返答に苛立ったのだろうか。

「妃殿下、ご自分のお立場を考えられた方がいい」

シャルミール侯爵は声を低くしてドスを利かせた。

「所詮妃殿下は属国の小国出身。ろくな後ろ盾がない身では、今はいくら殿下のご寵愛があろうと、やっていけなくなる日が必ず来る」

そうなる前にこちらの要求を呑め――それがシャルミール侯爵が本当に主張したいことらしかった。

楽団の演奏するワルツが終わる。

レアは合わせて足を止めると、笑顔でシャルミール侯爵を見上げた。周囲に聞こえるようわざと声を張り上げる。

「シャルミール侯爵、音楽で聞こえなかったので、もう一度言っていただけますか？」

「なっ……」

「ろくな後ろ盾がない身で……のあとにはなんとおっしゃいましたか？」

いつかの凛とした皇后の姿を思い出して背を伸ばす。

レアは気が弱くすぐうじうじする性格だと自覚している。つい最近まで令嬢たちの陰口に凹《へこ》んでいたほどだ。

だが、ユーグの妃となっただけではない。これからは皇帝、皇后夫妻を家族として守っていくのだ。もう一人ではないという安心感がレアを強くした。

また、幼い頃から男装してまで、アンジェロの代役として公の場に立ってきている。舐《な》められないためにはどう振る舞うべきかはもう知っていた。

いつか見た凛とした皇后の姿を思い出しながら言葉を続ける。

「フレールが属国で小国だともおっしゃいましたね。私の母国だけではなく、新大公となった弟をも侮辱したと捉えてよろしいですか」

レアの気迫に呑まれたのか、シャルミール侯爵は一歩後ずさった。

「……っ」

たちまち周囲の招待客らがざわめき、シャルミール侯爵を横目で見ながら囁き合う。

「臣下の分際で妃殿下になんということを……」

「確かに妃殿下は属国のフレール公国出身だが、フレールは新しい大公が即位した途端、宮廷から不正が一掃されただけではない。現大公は若いがなかなか頑張っていると聞いたぞ」

「確か、新大公は妃殿下の弟君だろう」

分が悪いと察したのだろうか。

シャルミール侯爵は引き攣った笑みを浮かべつつ、なんとか体勢を整えて誤魔化そうとした。

「は、ははは。何をおっしゃいますか。私がそんなことを言うはずがございません」

「……そうですね。今回は私の空耳ということにしておきます」

今回はというところに力を込めると、シャルミール侯爵は悔しそうに唇を噛み締め、それでも身を翻して大広間から出て行った。

レアはその背を見送り肩から力を抜いた。

いくら多少成長したとはいえ、やはり小娘一人が老獪《ろうかい》な有力貴族と渡り合うには、相当な覚悟と精神力を要する。

しかし、めげてはいられない。またしゃんと背筋を伸ばそうとしたところで、「レア様」とシャルロットに声を掛けられた。

「シャルミール公爵閣下に対する先ほどのご対応、お見事でしたわ！」

「そ、そうですか？　だったらよかった……。お義母様を真似てみたんです」

「ええ、よく似ていらっしゃいましたわ。義理とはいえ母子ですねえ」

「……」

母子と言われると照れ臭くなってしまう。

シャルロットは「それにしても」と、シャルミール侯爵が出て行った扉を見つめた。

「レア様、わたくし密かにイヴォンヌ様について調べてみたんです。差し出がましいのですがどうしても気になってしまいまして」

エクトール帝国では貴族の子女は十五、六歳で成人したと見なされ社交界の一員となる。

ところが、イヴォンヌは十五歳で馬車の事故に遭ったことで、一年遅れてあの園遊会が実質的な社交界デビューとなった。

「十六歳であの色っぽさでしょう？　少々不自然だなと思っていたんです。……事故に遭うまではごく普通の、むしろ大人しいご令嬢だったそうですよ」

シャルロットのこの情報には驚いた。

「なら、事故に遭って人が変わったと？」

「ええ。イヴォンヌ様の侍女を務めていた女性に話を聞いたんです。それまで読書と刺繍を好むような物静かな方だったと」

ところが、頭を打って意識不明となって、一年後にようやく目覚めてみると、記憶喪失になりすべてを忘れていただけではない。別人のように艶めかしく、淫らな女になっていたのだという。

「使用人、身内を問わず男性を片端から誘惑して、しかも全員靡《なび》いてしまったと聞いております。常識があって父親らしい愛情があれば、そんな娘は叱り付けて更生させようとしますよね」

ところが、シャルミール侯爵はすっかり人が変わった娘も、自身が権力を得るためのコマの一つだとしか捉えていなかったのだろう。妖艶な美女と化したイヴォンヌをユーグの愛妾にしようと企てたのだ。

レアはかつて父の大公に受けた仕打ちを思い出し、シャルミール侯爵に嫌悪感を覚えた。同時に、イヴォンヌになんともいえない違和感を覚える。

「頭を打って記憶を失くすとは聞いたことがあります。でも、人格がそんなに簡単に変わってしまうものなんでしょうか？　しかもそんなに正反対に」

「……ええ、私もおかしいと思います。別人だという説も立ててみたんですよ。イヴォンヌ様とよく似た誰かが入れ替わっていた……と。ですが、元侍女の方は間違いなくイヴォンヌ様だと証言したんです」

イヴォンヌには双方の耳に耳飾りのようにホクロがある。特徴的なそのホクロが現在のイヴォンヌにもあったし、長年世話をしてきた自分が見間違えるはずがないと。

「魂が悪魔と入れ替わったみたい……」

「私もそう思いました。でもまあ、この世に悪魔だの、幽霊だのがいるはずがありませんしね。あんなのはおとぎ話ですよ、おとぎ話」

「……ははは」

レアは古城での恐怖の一夜を思い出して空虚に笑うしかなかった。

なお、幽霊に遭遇したのはレアたちだけではない。同行した護衛や召使いが泊まった部屋にも出て、レアとユーグが愛の力で浄霊するまで、全員阿鼻叫喚《あびきょうかん》で古城を逃げ回っていたのだとか。

しかし、シャルロットだけは幽霊の妨害もなんのその。一度も目を覚まさず熟睡し、翌朝一人爽やかに目覚めたというのだから恐れ入る。

幽霊が出たとレアや同僚らが訴えても、「疲れて悪い夢でも見たんでしょう」、と相手にしなかった。さすが十三人姉弟の頂点に君臨する長女。強い。

「シャルロットさん、もう少しイヴォンヌ様の調査を続けてくれませんか。何かわかったらすぐに私に教えてもらえれば」

「かしこまりました。私も胸騒ぎがしますので、念入りにいたしますね」

「悪魔と魂が入れ替わる……」

レアは自分が行った一言をもう一度呟いた。繰り返せば繰り返すほどそうだとしか思えなかった。

もちろん、イヴォンヌが豹変《ひょうへん》した件はすぐにユーグに報告した。

「……確かに妙だな」

ユーグはバルコニーに手を掛けて首を傾げた。大広間では相変わらず貴公子や令嬢たちがダンスに勤しんでいる。

「実は僕も子どもの頃一度転んで頭を打って、二、三日だけ記憶喪失になったことがある。だけど、人格が変わったって感じはなかった」

記憶を失っていても、今は亡き実の父や母、妹が心配して見舞いに来れば、すぐに温かい感情が湧いてきたのだとか。

「家族と名乗るこの三人は大切な人だってなんとなくわかったし、それからすぐに全部思い出して治ったよ。人格がガラリと変わるなんて考えられない」

ユーグは顎に手を当て何やら考え込んでいたが、やがて「僕に近付こうとする理由もわからない」と低い声で呟いた。

「理由って……ユーグの愛妾になりたいんじゃないの？」

「そうとは思えない。イヴォンヌ嬢が僕を見る目は恋する女のものでも、金目当ての女のものでもなかった」

いつかどこかで似たような話を聞いたことがある――レアは記憶を探りあっと声を上げそうになった。

皇帝が語っていたフランソワーズと同じ目ではないか。

「じゃあ、どんな目？」

「……悪魔がいるならこんな目をしているだろうという目だ」

残忍で、冷酷で、命を命とも思わず、正しい道を貫こうとする人間の尊厳の破壊を喜ぶような——。

「義父上が言っていたことと似ているだろう？　僕もそう思ったよ」

「まさかイヴォンヌ様はフランソワーズ様と同一人物……なわけないわよね」

フランソワーズが生きていたとしても六十代半ばなのだ。さすがに十代の令嬢に変装できるはずがない。

ユーグは「僕も別ルートで調べてみるよ」と頷いた。

「お義父様はフランソワーズ様が他国のスパイではないかと疑っていたのよね」

「ああ、そのはずだ。僕もフランソワーズについてスパイ説を取っていたんだけど、イヴォンヌ嬢の場合辻褄《つじつま》が合わない部分がたくさん出てくるんだ」

まず、シャルミール侯爵家は古くからの名家で、それなりの権力も財産もある。少なくともシャルミール侯爵には他国にエクトール帝国を売る理由がない。

シャルミール侯爵と共謀しているのではなく、イヴォンヌ個人がスパイになっているとも考えられない。

「ずっと寝込んでいて園遊会まで一歩も外に出たことがないんだ。他国のスパイと接触する機会自体がなかったはずだ」

謎は深まるばかりだった。

一体イヴォンヌの目的はなんなのか――。

考えても、考えても答えが出ない。

「……様、レア様！」

レアは名を呼ばれて我に返った。

「大丈夫ですか？　具合が悪いのでしょうか？」

向かい席のシャロットが手を振っている。

「ごめんなさい。うとうとしていて」

「近頃外出する公務が多いですからね。きっとお疲れなんでしょう」

今日もその外出する公務である。

馬車で半日かかる街で修道院が創立されたので、その記念式典に出席する予定だった。

いつもはこうした式典には夫婦二人で出席するのだが、今回は修道院が女子向けで、男子禁制なのでレアのみの招待である。

朝早く起きて、まだ眠るユーグを残し、つい先ほど馬車に乗り込んだはいいが、寝不足でうたた寝をしてしまっていたようだった。

「あら？」

気付け薬でも嗅ごうとバッグを開ける。ところが、いつも必ず入れていた、あるものがなかったので目を見開いた。

「スノードームがない……」

レアはユーグと一日でも離れると寂しい。だから、そうした際にはユーグに初めて出会った時にもらった、あのスノードームを持ち歩いていたのだ。ユーグと一緒にいるようで安心できた。

「大変。寝室に忘れてきたみたい。シャルロットさん、もう引き返せないかしら？」

「まだ大丈夫でしょう。少々お待ちくださいませ」

シャルロットはすぐに御者に声を掛け、馬車を宮殿まで引き返させてくれた。

「私が取りに参ります」

「ありがとうございます。でも、私が行きます。ユーグって私以外の足音に敏感なんです。せっかくよく寝ていたのに起こしたら可哀想」

立場上常に身の安全に気を付けねばならないからか、ユーグはどれだけぐっすり眠っていても、わずかな足音ですぐに目覚めてしまう。

ただし、レアだけは例外だった。ユーグ曰く「一番安心できる人の足音だから、かえってぐっすり眠れる」のだとか。

「すぐに戻るので待っていてください」

レアは駆け足で寝室に急いだ。そろそろと扉を開ける。

「あら？」

スノードームは窓辺に置かれていたが、ユーグの姿はどこにもない。

もう起きたのだろうと気にせず出て行こうとすると、扉の向こうから足音と二人の声がしたのでぎょっとした。

「皇太子の寝室はここね」

「はい、そうです」

「皇太子妃は確かにもう宮殿を発ったのね？」

「間違いございません」

この声はと思わず口を押さえる。一人は男の声、もう一人は艶を帯びた女の声だった。女の声には聞き覚えがある。

レアは慌てて辺りを見回し、ベッドの下に潜り込んだ。

扉が軋《きし》む音を立てて開けられる。

レアは息を殺して心の中でどうしてと呟いた。

なぜ皇太子夫妻の寝室にイヴォンヌが侵入できたのか。宮殿のあちらこちらで何人もの衛兵たちが警備していたはずなのに。

『使用人、身内を問わず男性を片端から誘惑して、しかも全員靡いてしまったと聞いております』

以前シャルロットから聞いた話を思い出し、まさかと口を両手で押さえる。

まさか衛兵を誘惑し、骨抜きにしたのか。

推理を裏付けるように男が「約束ですよ」と囁く。

「来週の土曜日の夜、必ず私の部屋にきてください」

「もちろんよ。お礼はその時たっぷりするわ」

よりにもよって皇族の寝室に不法侵入するなど有り得ない。

イヴォンヌは一体何が目的なのかと慄いていると、再び何者かに扉が開けられる音がした。

「……貴様、どうやってこの部屋に入った」

今度はユーグだった。一度起きたはいいものの、用事があって戻ってきたらしい。

イヴォンヌがくすくすと笑う。

「そんなことはどうでもいいじゃありませんか」

ベッドが軋んだところからして、どうやら腰を下ろしたらしい。隙間から組んだ白い足が見え隠れしている。

「私、一度朝からの情事ってやってみたかったんです。妃殿下とはまだ試したことがないでしょう？」

なんとユーグを誘惑している。

レアは今すぐにでも飛び出し、イヴォンヌの魔の手からユーグを守りたかったが、なぜか寒気がする上に体が動かなかった。

一体何が起きているというのか。

イヴォンヌの艶めかしい声が聞こえる。

「さあ、来て、殿下。一緒に楽しみましょう」

十六歳の少女のセリフとは思えなかった。

しかし、ユーグは揺らがない。

「聞こえなかったのか、どう寝室に不法侵入したのかと聞いている」

「まあ、怖い。不法侵入だなんて」

「貴様がしでかしたことは小さくはない罪だと理解しているのか」

すらりと何かを引き抜く音が聞こえる。いつも護身用に帯刀している長剣か。

「なっ……」

イヴォンヌの声が初めて動揺した。

「今なら咎めない。この場から立ち去れ」

姿が見えなくてもユーグが放つ凄まじく冷酷な怒りのオーラを感じる。レアの知る優しく穏やかなユーグとはまったく違っていた。

あるいは、こちらが真の姿なのか。

「ど、どうして」

「ここはレアと私だけの聖域だ。穢《けが》す者に一切の容赦はしない」

口調までまったく違っている。更に不思議なことに、その声を聞く間に次第に寒気が収まってきた。

イヴォンヌが「……どうして」と再び呻く。

「どうしてどうしてどうしてどうしてどうして、よりによってあんたがこの私に落ちないの⁉あの忌々しい皇帝もそうよ。どうし――」

イヴォンヌの異様な怒声が不意に止まる。

「な……によ、それ」

ベッドから立ち上がり、どこかに逃げようとしたようだが、ユーグに剣を向けられているからか動けないらしい、

「その剣、なによお……こっち……向けないで……えっ！」

次の瞬間、なんの前触れもなく竜巻が起こり、レアが下に隠れていたベッドだけではない、窓辺に置かれていた椅子も、テーブルも、ありとあらゆるものを巻き上げる。

「きゃあっ……！」

やっとの思いで目を開けて息を呑む。竜巻の色が闇を巻き込んだように真っ黒だったからだ。

「な……に、これっ！」

「レア！」

ユーグがようやくレアに気付いたのか、竜巻に抵抗しつつじりじりと近付き、さっと抱き寄せて地に伏せる。

「いいか、このまま逃げるぞ」

「う……ん」

レアはわけがわからぬまま、ユーグとともに床を這って、寝室から抜け出した、
破壊音を聞き付けたのか衛兵が駆け付けてくる。

「何事ですか？　うわっ」

寝室の扉が吹き飛んで廊下の壁に直撃する。

ユーグがすかさずレアを胸に抱き締めて庇う。

だが、竜巻は収まったのか、それきり何も起こらなかった。


寝室内は瓦礫の山で一杯になっていた。かつて窓や壁、調度品だったものだ。

幸い、レアのスノードームはドーム部分に少し傷が付いただけで済んだ。

ユーグは新しいものを買ってくれると言ったが断っている。

ユーグから初めてもらったものだからこそ大切にしているのだ。皇后があのスミレのブローチを手放せなかったように。

それはともかくとして、この事件はすぐに皇帝夫妻に報告され、すぐさま捜査が開始された。

初めに事情聴取をされたのは、イヴォンヌに誘惑され、皇太子夫妻の寝室に案内した衛兵だった。

『あの時の俺は正気ではなかったんです！』

衛兵はそう訴えたのだという。

『あの女の目を見ているうちに、頭がぼうっとなって、気が付いたら……。信じてください！』

イヴォンヌと対峙《たいじ》したユーグもこう証言したのだという。

『僕は正気を失うことはなかった。だけど、あの女の目は異様だった。……人間のものには見えなかった』

それほどの悪意と憎悪に満ち満ちていたと。

『そもそも人間があんな竜巻を起こせるはずがない。だが、人間ではないとしたらあの女は何者だ？』

このユーグの問いに誰も答えを出せなかった。

次いで取り調べを受けたのは、イヴォンヌの父親のシャルミール侯爵だった。

侯爵はよりによって娘が不法侵入の罪を犯しただけではない。皇太子夫妻の寝室を無茶苦茶にしたと聞いて震え上がった。

『わ、私は何も知らない！』

ユーグは怯えるシャルミール侯爵に情け容赦なかったらしい。

『知らないはずがないだろう。吐け。あの女は何者だ』

窓のない密室で尋問された挙げ句、剣の刃以上に鋭い視線で睨め付けられ、シャルミール侯爵はあっという間に陥落。最後には「命だけはお助けを」とおいおい泣きつつ、イヴォンヌの姿をした女の正体を白状した。

『あの女がイヴォンヌではないと初めに気付いたのは妻です』

シャルミール侯爵夫人は夫とは対象的に愛情深く、一人娘を大変可愛がっていた。それゆえすぐに異変に気付いたのだと。

『妻はイヴォンヌが目覚めてすぐ、〝あの女はイヴォンヌではないわ！〟と訴えました』

イヴォンヌはあんな悪魔のような目しないと。

『ですが、私には娘にしか見えなかった。だって、魂が悪魔と入れ替わっただなんて、そんなおとぎ話を信じられます？』

シャルミール侯爵は単純に頭を打ったせいで性格が変わっただけだと解釈し、妖艶な美女と化したイヴォンヌをこれ幸いと利用した。

『イヴォンヌはせっかく美しく生まれたのに、役にも立たない本ばかり読んで……。私にはあちらのイヴォンヌの方がよほどよかった』

だが、まさか本当に人外だとは思いもしなかったと。今更恐ろしくなったのかガタガタ震え出し、派手に椅子から転げ落ちたかと思うと、その場で土下座をして額を床に擦り付けたのだとか。

『おっ……お許しくださいっ……！　二度と宮廷には顔を出しませんし、このまま引退しますっ……。ですからどうかっ……！』

以上の取り調べの内容を応接間でユーグから聞かされ、レアは「大変なことになったわね……」と溜め息を吐くしかなかった。

紅茶を一口飲んで長椅子の隣に座るユーグの肩に頭を乗せる。

「イヴォンヌ様は悪魔に取り憑かれてしまったのかしら」

古城で幽霊に絡まれた身でなんだが、レアもシャルミール侯爵と同じく、この世に悪魔が存在するとは思えなかった。聖書に登場する悪魔は悪の象徴、対する神や天使は善や正義の象徴だと捉えていたのだ。

しかし、あの闇の竜巻を目撃してしまうと、有り得ないと言ってもいられない。

「もしかして、お義母様を階段から突き落として流産させたのもその悪魔の仕業？　フランソワーズ様に取り憑いてお義父様を誘惑しようとしたのも？」

「可能性はあるな」

もしそうだとしたら――。

「悪魔は皇室に恨みがあるのかしら……」

皇帝といい皇后といいユーグといい、狙われているのは皇族ばかりだ。

ユーグはレアの肩を抱き寄せ、「多分そうだろうな」と答えた。そのまま黙り込んで視線を斜め下に落とす。

これはユーグが思考を巡らせている仕草だ。そして、レアはいつも一緒にいるからか、ユーグが何を考えているのかがなんとなくわかってしまった、

「ねえ、ユーグ。……もしかして皇室が不妊体質なのも、あの悪魔の仕業じゃないかって考えている？」

「……ああ」

ユーグは皇室に子どもが生まれにくくなったのは、二百年前からだと教えてくれた。

「当時の皇帝はカルロマン。エクトール帝国中興の祖にして、世間では流血皇帝と呼ばれた人物だ」

カルロマンは先代皇帝の末子。

「だけど、皇位継承権がなかったんだ。母親が身分の低い愛妾で認知されていなかったから。……愛妾というよりはメイドが手を出されたみたいだな」

ところが、皇后腹の皇子たちが次々と変死。ついに正統な皇位継承者が死に絶えてしまい、皇帝はカルロマンを認知せざるを得なくなった。

「……それってカルロマン皇帝がすごくあやしくないかしら？」

「ああ、僕も異母兄たちを暗殺したんじゃないかと疑っているよ」

カルロマンは父亡きあと皇帝に即位すると、軍隊を率いて敵国を次々と打ち倒して支配下に置き、エクトール帝国の領土を拡大。

「負け知らずでいつも敵の返り血を浴びていたそうだよ。だから、流血皇帝なんて呼ばれるようになった」

「負け知らず……」

それもまた不自然だと感じる。

「ねえ、カルロマン皇帝は認知されるまでは私生児扱いだったんでしょう？　一体どんな暮らしをしていたの？」

「厄介払いだろうな。母親ともども王宮から追い出されて、悲惨な暮らしをしていたそうだ」

「……私、戦争はよくわからないんだけど、そんな環境で育って戦略や戦術は立てられるの？　馬に乗って剣は振るえるの？」

「できないだろうな。臣下に恵まれていたわけでもないそうだ。猜疑心《さいぎしん》が強く、優秀な臣下を片端から追放している。取って代わられるのを恐れたんだろうな」

「……」

軍事経験もなく有能な軍人に忠誠を誓われているわけでもない。なのに、なぜ戦争で勝ち続けることができたのか。

「カルロマンはそんな不自然な点すら、自身を天才にして希代の名君と祭り上げ、伝説にすることで覆い隠してしまったんだ」

聞けば聞くほど謎は深まるばかりで答えが見えない。

レアは混乱しつつも「カルロマン皇帝から子どもが生まれなくなったのよね」と確認した。

カルロマンは即位後すぐに皇室の分家の令嬢と結婚している。ところが十年経っても子が生まれず、一人目の皇后が亡くなると即座に再婚。しかし、やはり後妻の皇后も懐妊することはなかった。数多くいた愛妾との間にも子はできていない。

「皇室の記録に原因は書かれていないの？」

エクトール帝国は記録とその保存に力を入れており、五百年前の建国時の公式文書も残っているはずだ。

「少なくとも公式記録にはないな。……つまり、決して公にできない何かがあった」

恐らく、カルロマンにとっては恥部でしかない何かが――。

ユーグは事件後も失踪したイヴォンヌの行方を追い、カルロマンの過去と合わせて調査を続けている。

レアも協力したかったものの、現時点では何もできることがない。報告を待つことしかないのがもどかしかった。

手をこまねく間にも月日は瞬く間に過ぎていく。

あっという間に四月に入り、その頃には結婚記念日の準備に忙しくなっていた。

今日も皇太子妃専用の執務室で、晩餐会でお礼スピーチの原文の作成である。

「春が毎年やって来るように結婚記念日も必ず……。ちょっと変。エクトールの春を見るのはこれが二度目になりますが……。うん、これにしておこう」

ようやく出だしが決まったところで、シャルロットが手紙を手に扉を開ける。

「レア様、お手紙でございます」

「ありがとうございます。あら？」

一通はアンジェロから、もう一通は皇后からのお茶の誘いだった。

この宮殿はとにかく広く見取り図が必要なほどで、皇后の居住区域は執務室から歩いて何分もかかる。そのため、急ぎの用事でない時には手紙が連絡手段となることもよくあった。

アンジェロから手紙が来るのは久しぶりだったので、まずそちらの封を開いて首を傾げる。

一行目に「愛するシャルロットへ」と書いてあったからだ。

「シャルロット……？」

封筒を裏返し宛名を確認すると、見覚えのある字で「シャルロット・ドゥ・クレシー様」とある。

「シャルロットさん、これシャルロット宛てですよ」

「えっ」

シャルロットは手紙を受け取り、「あら、本当ですね」と丸眼鏡の奥の目を見開いた。

「アンジェロ様からでしたので、てっきりレア様宛かと。申し訳ございません」

ベッドから起き上がるのすら面倒臭がり、ひたすら惰眠と暴飲暴食を繰り返していたアンジェロが、現在新大公として頑張っているだけではない。こうして人様に手紙を書くまでに成長したかと思うと、双子の姉としてついほろりとしてしまった。

続いて皇后からの手紙を読み始める。

『可愛いレアへ。バラ園の東屋《あずまや》が改築されたそうです。よければ今日の午後、お茶をしませんか？　三時から五時までそこにいるので、いつでも好きな時に来てください　ウジェニー』

皇后の入れるお茶は美味しいいし、もう三日以上会ってないので、久しぶりにお喋りを楽しみたい。

書斎机の上の置き時計を見ると現在二時四十五分。庭園までは十五分かかるので、今から出かければ三時に間に合いそうだった。

「シャルロットさん、ちょっと出かけてきますね」

腰を上げてシャルロットを振り返る。

だが、返事がない。いつも即座に反応があるのに。

「シャルロットさん？」

シャルロットは立ったままアンジェロからの手紙を読んでいたようだ。一体何が書かれていたのか、便箋に目を落としたまま硬直している。

「あ、あの、シャルロットさん……」

レアがトントンと肩を叩くと、ようやく我に返ったらしい。

「も、申し訳ございません！」

あのシャルロットが珍しく慌てているので二度驚く。

「い、いいえ、こちらこそ……。何が書いてあったんですか？」

まさか、アンジェロにまた鬼コーチ役を頼んだのだろうか。さすがに何度もシャルロットに負担はかけられない。

「シャルロットさん、アンジェロから頼まれ事をして、断りにくいなら私に言ってくださいね。代わりに返事をしておきますから」

「……ありがとうございます」

シャルロットは正気には戻ったようだが、まだどこかぼんやりしている。一日二十四時間しっかり者の彼女らしくない。

働き過ぎて過労になっているのかもしれない。ならば、今度長期休暇を取ってもらおうと考えつつ、レアはもう一度断りを入れて執務室をあとにした。

途中、先ほどのアンジェロの手紙の書き出しを思い出し、立ち止まって「……あら？」と目を見開く。

「愛するシャルロットへって書いてなかったかしら」

しかし、ちらっと見た程度なので確信が持てない。

「う、うん、まあ、親子でも兄弟間でも友だちの間でもよくある書き出しだものね。そうだとしても問題ないわ」

レアはうんうんと頷くと、気を取り直してバラ園に向かった。


バラ園の東屋は改築後鳥籠を模したデザインになり、広く高くなってベンチが置かれ、五、六人はお茶ができるようになっている。純白に塗装されているので遠目でも見つけやすく、バラ園の新たなシンボルとなっていた。

「お義母様？」

ところが中に義母の姿はない。お茶も茶菓子も用意されていない。

日時を間違えたのだろうか。それでも皇后を探して辺りを見回していると、どこからか「まったくあいつの血筋はしぶといわね」と聞き覚えのある声が聞こえた。

全身が恐怖にざっと粟立つ。

「何度引き裂いてやっても性懲りもなく。まあ、何度だってこの手でくびり殺してやるけどね」

淫靡《いんび》でねっとりとしたこの口調は間違いなく――。

レアはゴクリと息を呑んで振り返り、ほんの数秒前までは誰もいなかった真後ろに、腕を組んで佇《たたず》む女を目の当たりにして目を見開いた。

「イヴォンヌ様……」

イヴォンヌは漆黒のピッタリとしたドレスと、春には相応しからぬ同じ色のマントを身に纏っていた。風も吹いていないのに長い黒髪がざわりと浮かぶ。赤紫だった瞳は血のような真紅と化して爛々《らんらん》と輝いていた。

レアはあまりの禍々《まがまが》しさに後ずさり、東屋に背を着けて「あ、あなたは誰なの」と声を振り絞った。

「イヴォンヌ様ではないでしょう⁉　イヴォンヌ様をどこにやったの⁉」

「さあねえ」

イヴォンヌは――女は肩を竦めて赤い唇の端を釣り上げた。

「これから死ぬあなたには関係ない話でしょう」

いきなり死を告知されて心臓が早鐘を打ち始める。

「私が、死ぬ？」

「そうよ。あなたは決して許されないことをした……」

女の目はぞっとするほど冷酷で、かつ憎悪に満ち満ちていて、確かに人間だとは思えなかった。

レアは十九年の人生で、これほど人に恨まれ、復讐《ふくしゅう》されるような真似をした記憶はない。

「何も知らないいって顔ね。だったら教えてあげる。あなたの罪は……愛し愛されていることよ」

「……⁉」

ますますわけがわからなかった。

イヴォンヌの血の色の双眸に憎悪の炎が揺らめいている。

「あの男の……カルロマンの血筋のくせに許せない……」

レアはカルロマンという名に目を見開いた。

二百年前の流血皇帝の名ではないか。なぜイヴォンヌはカルロマンを身近な人物のように語るのか。

イヴォンヌが一歩詰め寄り手を伸ばす。その長く尖った爪がレアに今にも触れんとしたその時、「何者だ！」と四人の衛兵が駆け付けてきた。

「このバラ園への立ち入りは現在、皇后と妃殿下以外、許されていないはず」

女の異様な気配を感じたのだろうか。兵士たちは一斉に剣を抜いた。

女がその様を見て薄く笑う。

「あら、いい度胸ね」

真紅の瞳が一層色濃くなる。

すると、三人の兵士が息を呑み、ふらふらと前に進み出たかと思うと、剣を捨てて一斉にその場に跪いたのだ。

「ああ、私の女神。どうぞ思う存分俺を使ってください」

「あなたのためになら命を捨ててもいい」

「ジャンヌ、私の手を取ってください」

レアはたちまち魅了、洗脳された衛兵たちを目の当たりにしてぞっとした。

ところが、一人だけ正気を保った衛兵がいた。

「この魔女め！」

ギリリと女を睨め付け女に切り掛かる。

女は赤い目を限界まで見開き、「お前もなの……」と地の底から響くような声で唸った。

「お前にも心から愛する者がいるのね。許せないわ……」

「ほざけ、女郎が！」

「い、いけない！」

レアは兵士を止めようと声を上げた。

女には竜巻を起こせるほどの力があるのだ。剣で叶うはずがないと思いきや、その刃は宙に舞う女の髪をざっくりと切り裂き、更に肩に食い込んだのだから驚いた。

「ぎゃぁぁああ……」

甲高い悲鳴がバラ園に響き渡る。

女の肩からは血の代わりに黒く濁った霧が漏れ出ている。

「よくも……よくもっ」

悲鳴を被害者のものと勘違いしたのか、宮殿中から衛兵や野次馬《やじうま》が集まってくる。

「なんだ、なんだ。何があった」

「火事か？　水を持ってきたぞ」

レアはその一団の中に愛おしいロイヤルブルーの瞳の主——ユーグを見つけて思わずその名を呼んだ。

「ユーグ！」

「レア！」

ユーグがレアに向かって腕を伸ばす。

レアは女のもとから逃げだし、その手を取ろうとした次の瞬間、二人の絆を割かんとするかのように女が立ちはだかった。

「なっ……」

つい先ほどまで反対側にいたはずなのに、一瞬でどうやって移動したのか——そんなことを考える間もなく女に片腕で小脇に抱えられてしまう。

「やっ！　離してっ！」

レアはじたばた暴れたが、腰に回った女の腕の力は凄《すさ》まじく強い。

「……カルロマンの血は……皇室の血は……必ず絶やす」

女は誰にともなくそう宣言すると、とんと足で地を蹴って宙に飛んだ。

「なっ……」

女とレアの周囲をたちまち黒い霧が渦を巻いて包み込む。

「逃がすか！」

衛兵の一人がボウガンに矢をつがえて放とうとしたが、その頃にはもう女とレアの姿はわずかな闇を残して掻《か》き消えていた。


闇の霧を吸い込んだ途端、それ以上息ができなくなり、レアは思わず喉を押さえた。

苦しくて堪らない。

耐えられずに意識を失い、次に目覚めた時には、苔《こけ》むし、朽ちかけ、傾いた墓石が不規則に並ぶ墓地に倒れていたのでぎょっとした。

「ここは……」

バラ園にいた時には日中で太陽が空に輝いていたのに、ここは薄暗いだけではなく、うっすら霧が掛かっている。

不気味な光景にぞっとしつつ、とにかくどこにいるのかと確かめようと立ち上がる。

「……?」

途中、何気なく墓石の一つを見て首を傾げた。

「名前がない……」

装飾のまったくない粗末な墓石は貧民向けの共同墓地に多い。名が刻まれてない場合は旅人や物乞いのもので、身元がわからないからだ。

他の墓も同様だった。

「どうしてこんなところに……」

青ざめるレアの肩に何者かがそっと手を置く。

「――私の骨の埋葬された共同墓地はそこよ」

先ほどの女の声だった。耳元にふっと息をかけて囁いてくる。

「な、にを言って……」

悪寒が足下から這い上がってくるのをどうにか堪える。

「ねえ、知っていた? 魔女は火刑にされたあと、遺骨や遺灰は川に流されるの。そうすると魂も魔力も消えるそうよ」

魔女、火刑、魔力――馴染《なじ》みのない言葉ばかりだった。それこそおとぎ話にしか有り得ないと思い込んでいたような――。

「でもね、骨の一片を野良犬が咥《くわ》えていきでもしたのかしら。それともたまたま川辺に落ちていた欠片《かけら》を気紛れに誰かが拾って、ここに持ってきてくれたのかもしれない、いつの間にか私はここにいたわ」

魔女は骨が一欠片でも地上に残れば魂と魔力が現世に留まる。

「私は天国には昇れない。……あまりに多くの人を殺してしまったから。でも、地獄に落ちることもできない」

なぜなら天国も地獄も人間でなければ行けないところだから。

レアは心臓が早鐘を打っているのを感じた。今すぐ逃げ出したいのに足が竦んで動かない。女が何者かを知るのが恐ろしい。恐ろしいが、真実をこの目で見定めたかった。

「……あなたは人間ではないんですか」

「あら、そう見えるの？　光栄ね。……そうね。人間だった頃もあったわ」

「あなたは……一体……」

息を呑みながらも振り返る。

そこには、先ほどまでの人とは思えぬ冷酷なそれではなく、悲しみを湛えた赤紫の瞳があった。

「私はジャンヌ。……魔女のジャンヌ。私を火炙《ひあぶ》りにした連中はそう呼んでいたわ」

レアが人ならざる何者かに攫われた――。

＊＊＊

ユーグは皇帝、皇后を応接間に呼び出し、この件をすぐに報告し、すぐレアの救出に向かうと申し出た。

その場にたち胸に手を当てて頭を下げる。

「そのために義父上、一部隊の指揮権をお借りしたい」

「それは構わないが、救出できる見込みはあるのか。その人外の女がどこにいるのかわかっているのか」

「はい。つい先日すべての調査が完了したところでした」

ユーグが即答したからだろう。皇后が驚きに目を瞬かせた。

「私の名を騙ってレアに手紙を出したのもその女の仕業なの？」

「義父上はカルロマン……流血皇帝をご存知でしょう」

「ああ、祖先の一人だ」

「カルロマンには恋人がいたそうです。……名はジャンヌ」

カルロマンの母親は王宮務めのメイドで、皇帝に気紛れに手を出された結果、カルロマンが誕生。

しかし、皇帝にとっては身分の低い女の産んだ息子など、責任を取るどころか汚点でしかなかったのだろう。厄介払いになんの保証もなく母親ともども王宮から追い出した。

「カルロマンの母親はすぐ亡くなり、カルロマンはその後貧民街で暮らしていたそうです」

同じ孤児たちと徒党を組んで、スリに恐喝、強盗に殺人と、犯罪で生計を立てていた。

公式記録に書かれることのなかった、祖先の暗部を聞き皇后は「なんてこと……」と呻いた。

ユーグは表情一つ変えることなく続ける。

「そこで出会ったのが、やはり孤児の少女ジャンヌでした」

ジャンヌは親に捨てられ、その後一度教会の孤児院に預けられたが、十五になって間もなくすぐにそこからも追い出されたのだとか。

「追い出された？　どうして子どもにそんなことを……」

皇后の哀れみを含んだ質問にユーグが答える。

「ジャンヌには風を操る不思議な力があったそうです。それを恐れたのではないでしょうか」

「信じられんな。神の祝福か、悪魔の気紛れの結果か……」

「それは僕も判断できません。いずれにせよ、カルロマンはその力を利用した。強盗殺人に利用したんです」

カルロマンはジャンヌに甘い言葉を囁き、その力を自分の利益のために使わせた。

「鎌鼬《かまいたち》とでもいうのでしょうか。風速を極限にまで高めると、刃のように鋭くなるそうです」

ジャンヌはカルロマンが命じるまま、次々と人を殺《あや》めてその手を血に染めた。

「どうして……」

皇后が呻く。

「どうしてそんなことをして……ああ、そうね。きっとそうだったのね」

私にもよくわかると溜め息を吐く。

「きっと独りぼっちで寂しかったんでしょうね。誰かに愛してほしくて……でも恐れられるばかりで……」

その幼い手を取ってくれる者はカルロマン以外いなかった。たとえ犯罪に巻き込まれることになっても、必要とされている実感がほしかったのかもしれない。

一方、皇帝は顋に手を当て何やら考え込んでいたが、やがて顔を上げ真剣な眼差しでユーグを見つめた。

「先ほどカルロマンはジャンヌの能力を殺人に利用したと言っていたな」

カルロマンの皇后腹の異父兄——正統な皇位継承者たちは全員不審死を遂げている。そのおかげで妾の息子のカルロマンは皇帝が認知されるに至った。

「なるほど、異母兄たちも殺させたというわけか……。ジャンヌを唆したカルロマンこそ悪魔ではないか」

「それだけではありません。カルロマンは戦争にもジャンヌを利用したと思われます」

カルロマンにはみずから前線に立ち剣を振るい、ほんの一振りで百人もの敵兵を屠《ほふ》ったという伝説がある。

「まさかあの伝説は……」

ユーグは「ええ」と頷いた。

「恐らくジャンヌが気付かれぬよう背後に控えていたのでしょうね」

皇帝と皇后は大きな溜め息を吐いた。

「すべてカルロマンではなくジャンヌの功績か……」

皇帝が膝に手を置いて唸る。

「……先ほどジャンヌはカルロマンの恋人だと言っていたな。なのに、カルロマンはジャンヌと結婚していない」

カルロマンはメイドの子であるという、自身の血統に劣等感を抱いていたのだろう。高貴な身分――皇室の分家筋の令嬢と結婚している。

「ジャンヌはどうなったのだ。愛妾になったのか？」

「……いいえ」

ユーグはロイヤルブルーの双眸を窓の外に向けた。

「火刑にされたそうです」

「なっ……」

皇帝、皇后両夫妻は絶句したまましばし動けなかった。

「火刑って……どうして⁉」

エクトール帝国には現在も極刑があるが、罪人に無意味な苦痛を与えぬよう斬首刑一択である。拷問など時代遅れで残虐だと避けられているし、死ぬまで苦しむ火刑など有り得なかった。

「二百年前にはまだ火刑があったんです。宗教が絶対的な時代でしたから」

「待て。火刑があったにしろおかしいだろう。そもそも火刑とは教会が魔女だと認定しなければならないし、その上見せしめのためにやるものだ」

カルロマンの影となって尽くしたジャンヌに、なぜそんな仕打ちをしたのか。

皇帝がはっとして目をわずかに見開く。

「そうか……。厄介払いをしたんだな」

カルロマンはジャンヌの力で他国を征服し、国のすべてを手に入れるとジャンヌが邪魔になった。

何せジャンヌは惨めだった自分の過去を知っている。いつバラされるのかわからないし、そうなってしまえば求心力を失う。ジャンヌの力がなければ何もできなかったとは認めたくもなかったのだろう。

「皮肉なものだ。父親の皇帝が母親にしたことと同じことをしたわけか……。いいや、もっと惨《むご》い」

ユーグは皇帝の指摘に「その通りです」と頷いた。

「だから、カルロマンはジャンヌを魔女だと告発したんですよ」

二百年前はまだ悪魔や魔女などの迷信が信じられていた。カルロマンはジャンヌが魔女の力を使って強盗殺人をしたと訴えたのだ。つまり、自分の罪をジャンヌになすりつけた。

皇后は我慢しきれなかったのか、さすがに長椅子から立ち上がりかけた。

「それはカルロマンがさせたことでしょう⁉」

「……そうです」

「ジャンヌのために証言してくれる人はいなかったの？」

「当時の皇帝……最高権力者に逆らえなかったでしょうし、証言したとしても握り潰されたでしょう」

本人不在の裁判でジャンヌは処刑判決を受け、三日後にはもう火刑に処されたのだという。有り得ないスピードだった。

カルロマンは一刻も早くこの世からジャンヌを自分の恥部ごと消し去りたかったのだ。

ユーグは語る。

「ジャンヌは今際《いまわ》の際《きわ》に炎の中でこう叫んだそうです」

『おのれにっくき皇帝め、たとえこの身が灰と化そうとも、魂は悪霊となってこの世に留まり、お前に死よりも恐ろしい破滅をもたらしてやる。子々孫々、未来永劫《みらいえいごう》に……！』

「子々孫々……」

皇帝と皇后は青ざめた顔を見合わせた。

「まさか、ジャンヌの呪いが皇室の血を絶やそうとしていたと？」

「最初にジャンヌの呪いを受けたのはカルロマン自身でした」

カルロマンの初めの皇后は子が生まれず夭折《ようせつ》している。

「後妻に迎えた次の皇后も、数多いた愛妾も懐妊することはなかった」

更に悲劇がカルロマンを襲う。

ジャンヌの力で平定した属国が反乱を起こし、駐屯部隊では対処できなかったので、カルロマン自身が出征せざるを得なくなった。

だが、ジャンヌのいないカルロマンは剣のない騎士と同じようなものだ。敵兵に蹂躙《じゅうりん》されることになり、辛うじて命は助かったものの、右目を失明し、右手、右足を失い、更に男性機能を喪失してしまった。

その後カルロマンは分家から養子を迎え、事実上引退したのち離宮に引き籠もり、そこで三十年の短い生涯を終えた。

ユーグの説明を聞き終えると、皇帝と皇后は再び大きな溜め息を吐いた。

「一人の女を裏切った結果がこれか……いや、待て。当時の公式記録にはジャンヌの名すら書かれていないのだろう。なのに、なぜそこまで判明した？」

ユーグのロイヤルブルーの瞳が悲しみに染まる。

「……ジャンヌがこのことを知っていれば、彼女はもっと早くに楽になっていたかもしれませんね」

＊＊＊

「ジャンヌ……」

そうか、それがイヴォンヌに取り憑く女の名なのか。

レアは数歩後ずさりイヴォンヌと距離を取った。

闇の霧を纏わり付かせ、長い髪が舞い上がるジャンヌは、文字通りこの世の者とは思えず恐ろしい。

それでも、主張しなければならないことがあった。

「その体はイヴォンヌ様のものよ。返してあげて」

「……」

「イヴォンヌ様のお母様が心労で伏せっていることは知っているでしょう？　もうあなたがイヴォンヌ様じゃないって気付いているからよ」

腰まで伸びた漆黒の黒髪が闇にざわりと舞い上がる。

「……あなたは愛されているからそんなことが言えるのよ。どうせ親兄弟に大切にされて育ったんでしょう？　だから、そんな綺麗事が言えるのね」

レアは「違うわ」と首を横に振った。

「……私はね、ずっといらない子だったの」

エクトールに嫁ぐまでの日々が走馬灯となって駆け抜けていく。

「双子の弟のおまけですらなかった」

両親にたった一言、「頑張ったね」「ありがとう」――そう褒められるだけで報われただろうに。

「私はずっといらない子のままなんだって諦めていた。……でもね、ユーグ様と結婚してやっと自分の居場所を見つけたの」

そして、気付いた。

「居場所がないなら、そこから旅立って新しく見つければいいだけだったんだって。一人が愛してくれないからって、世界中の皆が冷たいわけじゃない」

フレールにいた頃のレアは、井戸底の蛙《かえる》のようなもので、両親しか見えていなかったように思う。だが、外に一歩踏み出せば広い世界があり、皇帝がいて、皇后がいて、ユーグがいたのだ。

レアは一歩前に踏み出した。

「ねえ、ジャンヌ、あなたは愛されていないことが悲しかったの？」

レアはジャンヌに問い掛けた。

「どうして誰からも愛されていなかったと思うの？　どうしてこれからも誰にも愛されないと思うの？」

ジャンヌはぐっと拳を握り締めた。

「……うるさい」

「うるさい」、「うるさい」、「うるさい」と何度も繰り返す。

「許せないっ……あの男と同じ血を引く男たちが、愛し愛されるなんて許せないっ……！　私は……私は好きな人に裏切られて殺されたのにっ……！」

赤紫の瞳の奥に憎悪の炎が揺れる。

ジャンヌはレアに向かって手を伸ばした。

「許さない……絶対に……」

レアはジャンヌの魔の手から逃れようと、身を翻して駆け出した。

「……逃がさないわよ」

薄闇に地の底から響くような声が広がる。

どこに逃げても聞こえてくるので、レアはパニックになって耳を塞いだ。

「やだっ……！　来ないでっ……！」

　怖くて堪らない。

「ユーグ……！」

　レアは愛しい人の名を呼び、直後にその場に立ち尽くした。ジャンヌがいつの間にか前に立っていたからだ。涼しい顔で汗一つ掻いていない。

「ひっ……」

「今はそうやってイチャイチャしていても、ユーグ様とやらもあんたのことなんてすぐ忘れるわよ。一週間もいなくなっていたらすぐに他の女に目が向く」

「そ、そんなこと……」

　ジャンヌの赤い唇の端が吊《つ》り上がる。

「男なんてみんなそんなものよ。あのジョゼフとかいう爺だって、簡単に破局していたじゃないの。その後自分の女を放《ほ》ったらかし」

　その一言にレアの恐怖が取り払われる。

「ま、さか……お義母様を階段から突き落としたのはあなたなの？」

　フランソワーズにジャンヌが取り憑いていたのか。

「あら、今更気付いたの」

　ジャンヌがいかにも楽しそうに笑う。

「死に損ないのあの女に最後に有意義な役目を与えてやったのよ。感謝してほしいくらいだわ」

実はフランソワーズは駆け落ち後、間もなく病にかかり亡くなりかけていた。そこにジャンヌが取り憑いて操り皇帝と皇后を傷付けたのだ。

「じゃ、じゃあ、フランソワーズ様は……」

「ああ、あの後もう体が保たなくてね。死にそうになったからその辺に捨てておいたわ」

「……!?」

人を人とも思わぬ所業だった。

「あの男に連なる者が生まれるなんて許せない……当然でしょう？」

「……」

レアの胸の奥から怒りがマグマとなってせり上がってくる。恐怖を忘れるほどの激昂だった。

「ゆ、るせない……」

ようやく腹に宿った我が子の誕生をどれほど待ち望んでいたことか。

「許せない……！」

「許せないのはこっちよ。どうしてあんたまで孕んだのよ！」

「えっ」

「呪った意味がないじゃない！」

思いがけぬ一言にレアが目を瞬かせる間に、ジャンヌが纏わり付く闇を刃に変えて振りかざす。

「……！」

殺される――。

レアは堅く目を閉じ両手で自分を庇った。ところが、一分経っても二分経っても痛みもなければ切られもしない。

何が起こったのかと恐る恐る目を開けて息を呑んだ。

ユーグが間に立ち塞がり、剣でジャンヌの闇の刃を受け止めている。

「あ、んたは……どうしてここにっ」

ユーグは無言で剣を薙ぎ払った。

「きゃあっ！」

ジャンヌが悲鳴を上げて弾き飛ばされる。ジャンヌは乱れた髪のまま地に手をついてユーグを睨め付けた。

「あ、あんた……その剣……」

「……そうだ。司祭の祝福を受けたものだ」

ゆえに神の力が宿っているのだと。

代々の皇帝や皇太子、宮殿を守護する衛兵らが帯刀する長剣は、神の加護を得るために儀式

で祝福を授けられる。レアもその話は聞いていたが、まさかジャンヌに――魔女に対抗できるとは。

ユーグは剣の切っ先をジャンヌに突き付けた。

「生前のお前は風を操れたそうだな。今は闇となっているのは、みずから人間性を手放し、魂ごと闇に染まり魔に堕《お》ちたからか」

「……っ」

ジャンヌは悔しそうに唇を噛み締めていたが、何を思ったのか突然不吉なほどに長く伸びた爪でみずからの首を切り裂いた。

「なっ……」

白い首に三本の赤い線が走り、血が滲んで肌を赤く染める。

「……私を傷付ければこの娘も死ぬわよ」

そして、ジャンヌはまた死にかけの体に取り憑き、皇室の子孫を苦しめるだけだと。

レアは真っ青になった。

肉体が死んでしまえば、イヴォンヌの魂が戻るところが失われる。今度こそイヴォンヌが死んでしまう。

ところが、ユーグは顔色一つ変えなかった。

「それがどうした」

目を見開くジャンヌに斬り掛かる。

「なっ……」

ジャンヌはすんでのところでその一閃《いっせん》を避けたが、髪の一部が切れパラパラと宙に舞った。

はるかに冷酷なロイヤルブルーの双眸がジャンヌの赤紫のそれを冷たく射抜く。

「しょ、正気なの⁉　この娘も死」

次の瞬間、今度はジャンヌの脳天に向かって剣が振り下ろされた。

「……ひ！」

ジャンヌは地べたを這いつくばって辛うじて避ける。

ユーグは容赦しない。ジャンヌが闇の力を繰り出す前に、今度は剣を構えて胴に突っ込んでいく。

「うぐっ」

ジャンヌは体当たりを受けユーグに押し倒され、更に剣を顔の横にグサリと刺され、怯える目でユーグを見上げた。

「あ、あ、あ……」

「……今ここで貴様を仕留めなければ禍根が残る」

ユーグの声はレアすらぞっとするほど冷たかった。

「ゆ、ユーグ様、待っ」

剣を引き抜きジャンヌの心臓の位置に振り下ろす。その動きは刺す寸前で止まったが、よほど恐ろしかったのかジャンヌは耳をつんざくような悲鳴を上げた。

「い、いや……いやあああぁぁぁっ……‼」

そこに子どものような高音、地の底から響くような低音、大小様々な悲鳴が重なる。大気までもが苦痛を訴え揺れる。

同時に、ジャンヌの輪郭がぶれたかと思うと、黒々とした闇がその肉体からずるりと抜け出た。

大人の女性一人分ほどの凝《こご》った闇は宙に浮き、なんとかユーグから逃れようとしたが、ユーグは容赦なくその闇を切り裂いた。

「あああぁぁぁ……」

闇は――ジャンヌは再び悲鳴を上げたが、その声は恐ろしい魔女ではなく、か弱い女性のものでしかなかった。

「……予想通りだ。お前は闇に堕ちようが元は人間。人間の肉体なしには力を行使できない」

レアは以前の古城での恐怖の一夜を思い出した。そういえばあの霊たちも生きた人間には直に触れることすらできなかった。ユーグがその時言っていたように、生と死の間には絶対的な境界があるのだろう。

「……」

闇はそれでも飛んで逃げようとしていたが、やがてぺしゃりと力なく落ちて潰れた。レアにはその闇が水が抜けて萎《しぼ》んだ水風船に見えた。

ユーグはそんな哀れな闇になおも剣を突き付ける。

「ジャンヌ、お前は多くの罪を犯したな」

「……」

闇はもう反論しない。する力もないのだろう。すべてを諦めたように見える。

ユーグはそんな闇に淡々と告げた。

「お前の罪はカルロマンに唆され、人を殺めたことだけではない」

懐からボロボロになった羊皮紙を取り出す。随分古びているところかして、数百年は前のものらしかった。

「お前の一片の遺骨がこの墓地に埋葬されたのは偶然ではない。お前はジルという少年を覚えているか」

「……ジル？」

闇がピクリと動く。

「ジル……孤児院で一緒だったあの……」

「そうだ。お前はジルに何度も〝カルロマンから離れろ〟と忠告されていなかったか」

「……」

「ジルはお前が心配で、後を追って孤児院を出た」

その後下町で靴職人の弟子として住み込みで働き始めている。一人前になったらジャンヌを迎えにいくために。

「ところが、間もなくお前がどんな罪に手を染めているのかを知ってしまった」

不遇の孤児院時代をともに生き抜いてきた仲間が、人の道に外れる真似をしていると知ってどれほど悲しんだことだろう。

「何度もお前のところに来て、まっとうな道に戻れと説得してきただろう。……忘れたとは言わせない。だが、お前はすべて撥ね付けた」

「……」

闇はおのれを恥じているのか、ますます小さく凝ってしまった。

「カルロマンは甘く耳障りのいい言葉だけをお前に囁き続けただろう。贅沢なドレスに宝石、豪華な晩餐……お前は人殺しの報酬をそれに相応しい分だけ受け取っていたはずだ」

そして、いつしかそれらなしではいられなくなっていた。

「ジルは最後までお前を見捨てなかった。説得を諦めなかった」

ユーグはそこで言葉を切った。

「……お前の裁判にも駆け付けている。カルロマンに握り潰されてしまったが、人の道に反することを知っていて、お前は無実だと証言したんだ」

命がけの証言だったに違いなかった。

憎悪で目が曇っていたばかりに、ずっと知らなかった事実を突き付けられ、闇が小刻みに震え出す。

「う、うああ……あああ……」

「……お前の骨を拾ったのもジルだ」

「あ、あああ……」

火葬場にたった一欠片残されていたそれを、咎められ、同罪扱いされるのを覚悟で持ち帰り、この墓地に人知れず埋葬したのだ。

「お前が憎悪の炎で身を焦がしている間、ジルはお前のために悲しみ、涙を流し、魂の安寧を祈った」

彼は一人前の靴職人になる夢を捨て、出家し、かつてこの墓地を管理していた小さな教会の神父となったという。

「この手紙はジルの遺書だ」

ジルは老いて天に召される数日前、震える手で遺書を書いた。

これまで何があったのかを告白し、ジャンヌを諌《いさ》められなかったゆえに、大勢の人々を死なせてしまったことを懺悔《ざんげ》。それでもジャンヌを今も忘れられずにいると。

『ジャンヌ、俺は天国になんて行かなくていい。君のいる地獄に堕ちてともに罪を償いたい。

君はしつこいって呆《あき》れるだろうけど、結局俺は神父にはなりきれなかったよ』

闇が声も出さずに震えて泣いている。涙など流していないのに、レアには不思議と感じ取れた。

ユーグは手紙を畳み直した。

「さあ、受け取るがいい。ジルの最後の言葉だ」

どこからか吹いてきた一陣の風に乗せる。

手紙は何かに導かれるように闇の上にぱらりと落ちた。

「……ジル」

闇はただジルと繰り返した。

「ジル……ジル……ジル……ご、」

最後に何を呟こうとしたのか。だが、その一言は言葉になる前にまた吹いてきた風に流され、やがて形を失った闇もその風に音もなく流されていった。


無事救出され王宮に戻ったその夜、レアはもう心身ともに疲労困憊《ひろうこんぱい》。ユーグと感動の再会を喜び合う体力も精神力もなく、ベッドに横になるなり眠りに落ちてしまった。

そして、不思議な夢を見た。

冷えた牢獄に一人茶色の髪、茶色の瞳の女性が閉じ込められている。ろくな食事を与えられていないのか、髪はボサボサ、痩せこけて肌には艶がない。囚人用の粗末なドレスを着せられ、足首には銀製の枷《かせ》が嵌《は》められていた。

レアにはなぜかすぐにその女性がジャンヌだとわかった。どうも精神がシンクロしているらしい。

『……駄目ね。動けないわ』

恐らく足枷《あしかせ》は聖職者から祝福を受けており、魔力封じの効果があるのだろう。

ジャンヌはもう生きるのを諦め、膝を抱えてそこに顔を埋めていた。

『自分を助けるための魔力がないなんて皮肉ね』

全盛期の魔力があれば簡単に破壊できただろうが、カルロマンのために魔力を使い、もう尽きかけているのだろうと考えている。

いざ死を前にすると憎悪の炎も一時的に小さくなるのだろうか。処刑前のジャンヌはそれほど気弱になっていた。

『……でも、このまま死ぬなんて嫌。せめてあいつから大切なものを奪ってやりたい……』

カルロマンはいつか一緒になろうと言っていたのに、結局自分を利用するだけしてさっさと貴族令嬢と結婚してしまった。

初めは皇后となったその女を呪い殺してやりたかったが、一緒にいる二人の姿を見て皇后への憎悪も失せてしまった。

なぜなら、皇后を見るカルロマンの目は、自身に向けられたものと同じだったからだ。つまり、利用価値があるとしか考えていない。愛していない。

カルロマンは誰も愛していない。おのれの地位と権力と栄光、血統の維持しか頭にない。異母兄たちを押し退《の》けてでも奪い取った帝位だ。是が非でも子孫に継承させたいと望んでいる。

『……なら、カルロマン。私はあなたが一番執着するその血筋を絶やしてやるわ』

カルロマンの血統――皇室の血筋に呪いをかけ、根絶やしにしてやると、歯で指を噛《か》んで血で魔法陣を描く。

だが、魔力が足りないせいか、「皇室の血を根絶やしにする」では呪いの対象が広すぎる。もっと細かな条件付けをしなければ発動できない。

ジャンヌはどうしたものかと魔法陣を見下ろし、やがて「……ああ、そうだ」とニコリと笑った。無邪気な子どもを思わせる笑顔だった。

魔法陣を書き直して満足げに見下ろす。

『わざわざ根絶やしにする必要なんてないんだわ。〝心から愛し合わなければ子が決してできない〟……これでいい』

今の乏しい魔力でも発動できる。

『だってカルロマン、あなたは自分以外愛せない人だもの。……いいえ、自分すら愛していなかったんじゃない？』

だからこそ、自信を得るため、みずからに価値を与えるために地位や権力を得ようと足掻《あが》いた。

血の魔法陣からゆらりと闇の霧が立ち昇る。ジャンヌは魔法の成功を確信したが、その茶色の瞳は虚《うつ》ろで底なしの穴のようだった。

『……私ってなんのために生きていたのかしら』

手に入るはずのない愛を求めて、たくさん、あまりにもたくさんの罪を重ね、気が付くと魔女どころか悪魔と化していた。

ふと脳裏に孤児院で仲良しだった、幼馴染みの少年の顔がよぎる。

『……ごめんね、ジル』

なぜかそんな一言が口から出てきた――。

――レアはふと目を覚ました。

まだ窓の外は真っ暗で、月光しか灯《あか》りとなるものはない。

「えっ……」

レアは思わず頬を拭った。なぜか目から涙が零《こぼ》れていた。

「レア、目が覚めたのかい？」

はっとして振り返ると、ユーグが隣に身を横たえていた。

「ゆ、ユーグこそ……」

きっと心配して見守ってくれていたのだろうなと胸の奥が熱くなる。

レアはユーグの広い胸に顔を埋めてまたぐすぐすと泣き続けた。ユーグがそっと背に手を回して抱き寄せてくれる。

「……あのね、夢を見たの」

先ほど見た夢を打ち明ける。

「お義父様とお義母様を苦しめた人なのに。可哀想なんて、思っちゃいけないのに。……ごめんなさい」

ユーグはぽつりと、「レアに知ってほしかったんだろうな」と呟いた。

「私に？　どうして……」

レアはそう言いかけて口を閉ざした。

ジャンヌの寂しさにはレアにも身に覚えがあった。ジャンヌの方が比べものにならないほど過酷だが、それでも共通する心情があったのだろう。

ジャンヌはあのまま消滅してしまったのか。それとも、地獄に堕とされたのか。

レアにもユーグにも、もう知るよしもなかった。

「ユーグ……」

レアは寂しさを温《ぬく》もりで埋めようと、ユーグの胸に手を這わせた。

ところが、「ちょっと待って」となぜか止められてしまう。

「あっごめんなさい。さすがに深夜にはそんな気になれないよね」

「……いいや。僕ももうとっくになっているんだけど、しばらくやめておいた方がいいと思うんだ」

「えっ、どうして？」

「……」

ユーグは珍しく口元を綻ばせたかと思うと、やがてレアを胸の中に包み込んで耳元に囁いた。

「……だから、しばらく安静にしなくちゃいけないんだ」

レアは目をまん丸にして瞬かせ、「嘘っ」と口を両手で押さえた。

「私のお腹に赤ちゃん⁉」

＊＊＊

皇室に赤ん坊が誕生したのは、それから七ヶ月後の光溢れる初夏のこと。

しかも、男女の双子……と思っていたら、更にもう一人女児が出てきてなんと三つ子。この慶事にはエクトール帝国全土が喜びに沸いた。

レアは小柄なのでお産に耐えられるのかと皆心配していたが、出産後もピンピンしていただけではない。産後三日後にはもう公務に復帰できるまでになっていた。

だが、起き上がろうとするたびに、ユーグにベッドに押し込められてしまう。

「当分何もしないでくれ、ハラハラする」

更に「僕にも夫と父親らしいことをさせてくれ」と頼まれると抵抗できない。結局一年近く産休を取ることになった。

ユーグは今日も公務の間に子ども部屋を訪ね、シャルロットと代わる代わる三つ子たちをあやしてくれる。

三つ子たちもこの半年毎日父親に世話されているので、懐いて、すっかりパパッ子になっていた。

「どの子もレアによく似ているな」

「ユーグにもよ」

三つ子の長男はユーグと同じ黒髪にレアと同じエメラルドグリーンの瞳。長女はレアと同じ金髪にユーグと同じ青い瞳。次女は長女と一卵性なのか同じ組み合わせで、この二人は顔立ちもそっくりなので笑ってしまう。

どの子も可愛く心から愛おしい。男か女かなど関係なかった。

それにしても、シャルロットはさすが十三人姉弟の長女。弟妹を育ててきただけあってとにかく赤ん坊の世話がうまい。

「赤ちゃんはほんとどの子も可愛いですねえ」

レアは蕩けそうなシャルロットの笑顔を見て残念に思った。

シャルロットは有能でしっかり者であるだけではない。芯が強く心優しい女性だ。

本人は「もう行き遅れだ」と結婚を諦めているが、まだ二十九歳。きっといい母親になれるだろうに。

そんなことを考えていると不意に寝室の扉が叩かれ、「失礼します」とメイドに声を掛けられた。

「アンジェロ様がいらっしゃいました」

「えっ！」

レアはぱっと顔を輝かせた。今日はアンジェロが出産を祝いたいからと、フレールから来てくれることになっていたのだ。

アンジェロの名を聞き、シャルロットが胸の中の次女を抱き締め、なぜか激しく動揺する。

「ちょっ、お、お待ちください！　アンジェロ様がいらっしゃったんですか⁉」

「あっ、ごめんなさい。言い忘れていたみたい。そうなんです。今日から一ヶ月滞在予定で」

「一ヶ月⁉」

「シャルロットさん、どうしたんですか？　落ち着いて」

レアはシャルロットを宥めようとしてその場に固まった。

扉が音もなく開いたかと思うと、見栄えのする長身痩躯の青年が足を踏み入れたからだ。

「「え……誰？」」

ユーグとそろって目を瞬かせる。

亜麻色の短髪は緩やかに波打っていて、どこか物憂げなエメラルドグリーンの目と相まって、青年の甘い美貌を引き立てている。濃緑色の細身の上着がよく似合っていた。

文句なしの王子様風の美青年を目にしてシャルロットが呆然と呟く。

「あ、アンジェロ様……」

「「⁇」」

思わずユーグと一緒になって青年を凝視する。よく見なくとも青年はレアに顔立ちがよく似ていた。

「う、嘘っ。アンジェロ⁉」

美青年は――アンジェロはレアに優美な微笑みを見せた。

「あれから頑張って痩せたんだ」

甲高かった声まで少々低く男性らしいものに変わっている。

「す、すごい……」

醜いアヒルの子が華麗な白鳥に成長したどころではなかった。シャルロットの調教プログラム大成功の瞬間だった。

「わあ、その子たちが三つ子ちゃんかい？　抱かせてくれる？」

アンジェロはなぜか真っ先にシャルロットのもとに向かい、叔父を見てキャッキャとはしゃぐ次女を抱き取った。どうも次女は面食いらしい
また、アンジェロはなかなか赤ん坊の相手をするのがうまかった
「よ～しよし。お父さんにもお母さんにもよく似ているね」

「アンジェロも子どもほしくなっちゃった？」

「その前に結婚しなくちゃね」

アンジェロはおどけて肩を竦めているが、小国であれ一国の君主。更にこの美貌なのだから、縁談は雨あられに違いない。

なお、トリプルデブだった頃には次期大公だというのに、すべてさり気ない理由で断られていた。

「アンジェロの好みってどんな人？」

「そうだね。黒髪の人がいいな」

「うんうん」

「目は灰色で眼鏡をかけていて……」

「へえ、眼鏡が好きだったんだって……ええっ⁉」

すべてシャルロットの特徴だった。

レアはアンジェロを凝視しつつ思い出した。いつかシャルロットに届いた手紙に、「愛するシャルロットへ」と書かれていたことを。

あれはまさか――。

「シャルロット」

アンジェロは次女をベビーベッドに寝かせると、シャルロットを真剣な目で見つめた。

「話があるんだ。もう逃がさないよ」


レアとユーグはまさかの展開に仰天したが、もはや奇想天外な事件には慣れている。すぐに気を取り直して三つ子をメイドに預け、こっそり二人のあとについていく。これから何が起こるのかを興味津々で覗き見……見守るつもりだった。

アンジェロが話し合いの場に選んだのはバラ園。いまやバラを背負ってもさまになる美青年となっているのに改めて驚愕《きょうがく》する。

「――アンジェロ様、ですから、それは気の迷いです！」

シャルロットが絶叫しているのは初めてではないだろうか。

一方のアンジェロは冷静そのものでシャルロットを見つめている。

「気の迷いなんかじゃないよ」

そして、その場に跪いてシャルロットに手を差し伸べた。

「シャルロット、ボクと結婚してください。君にボクのすべてを捧げます」

「いやいやいや！」

シャルロットは大きく深呼吸すると、ようやく落ち着いたのかいつもの調子を取り戻し、語り出した。

「……アンジェロ様、私はもうすぐ三十歳です。あなたより十近く年上なんですよ」

若くも美しくもない女を選ぶ理由がどこにあるのかと溜め息を吐く。

「アヒルの雛《ひな》が初めて見た動くものを親と思うようなものです。錯覚ですよ。そのうち冷めます」

「君がいなくなって一年近く経っても全然冷めなかったけどな？」

「そ、それは……」

アンジェロは一歩も引かなかった。

「ボクにはどこがいけないのかわからないな。恋なんてどれも刷り込みみたいなものだろうどこからどこまでが本物で錯覚かだなんて誰にもわからない。恋だけじゃなくて人間の感情全部かもしれない。君はそれでもボクの気持ちを否定するのかい？」

「それは……」

なんと、あのアンジェロがシャルロットを押している。

「それにね、シャルロット」

アンジェロはその名の通り天使のような微笑みを見せた。

「ボクはもう君なしの人生が考えられないんだ。毎日君に叱られて、君の笑顔を見て……。それがボクの幸せだってわかったんだ。これはボクの自惚《うぬぼ》れかもしれないけど、君もボクと一緒にいる時は楽しくなかったかい？」

この熱烈な告白にはバラの茂みの陰から見守るレアまで頬を染めてしまった。シャルロットも真っ赤になってタジタジとなっている。

「で、ですが、アンジェロ様にはもっと相応しいご令嬢が……」

直球ストレートでは落とせないと踏んだのか、アンジェロは今度は変化球で勝負をかけることにしたようだ。

「君がいないとまたトリプルデブのダメ男に戻ってしまうよ」

「うっ……」

年齢差を気にしているのか、シャルロットはまだ躊躇している。

しかしアンジェロは怯《ひる》まなかった。立ち上がり、目を細めてオロオロするシャルロットの顔を覗き込む。

「一ヶ月もあるんだ。君がうんって言うまで諦めないよ」

レアとユーグは王宮に戻り、廊下で顔を見合わせて溜め息を吐いた。

「アンジェロがあんなに熱心になるだなんて」

「あれは本気だな。落ちるのに一ヶ月もかからない気がする」

レアもそんな気がしていた。

シャルロットは攻める側になると滅法強いが、守る側になるとどうすればいいのかわからず、途端にか弱い乙女になってしまう。レアはそんなシャルロットは可愛いなとつい微笑んでしまった。

「シャルロットさんがお嫁に行っちゃうと大変ね。あんなに優秀な侍女はいないもの」

するとユーグは人差し指を立てた。

「侍女について一つ提案があるんだ。イヴォンヌ嬢を採ってみないか？」

イヴォンヌは現在ジャンヌが抜け落ちたからか、すっかり元のイヴォンヌに戻り母親を安堵《あんど》させたのだとか。

しかし、これまでは内向的な性格だったが、ジャンヌの影響の残り香なのか、外の世界にも興味が出たようで、王宮勤めを希望しているのだという。

なお、ジャンヌに乗っ取られていた間の記憶はまったくないそうだ。

レアはもちろんだと頷いた。

「元気になったのなら嬉しいわ！　本物のイヴォンヌ様とお話してみたかったの」

「イヴォンヌの母上から結婚相手の紹介も頼まれていてね」

「あら、婿入りを希望している貴公子の方を何人か知っているわ。紹介しなくちゃ」

仲人役はまだ務めたことがないので楽しみになってくる。

「場をセッティングしなくちゃね。今度の舞踏会がいいかしら？　それとも――」

レアは嬉々《きき》としてユーグを見上げる。すると、キスが降ってきたので驚いた。

ロイヤルブルーの目に見つめられて息を呑む。

「レア、イヴォンヌ嬢を心配するのもいいけど、時々でいいから僕も構ってほしいな」

「えっ」

レアはまじまじとユーグを凝視した。

「……ユーグ、もしかして寂しかったの？」

臨月から出産を経て怒濤《どとう》のごとくユーグやシャルロット、乳母とともに育児に追われ、二人の時間がほとんどなかったのに気付く。

その気になればシャルロットたちに任せきりにもできたが、レアやユーグとしてはできる限り自分の手で子育てをしたかったのだ。

ユーグは肩を竦めて苦笑した。

「そうみたいだ。僕もアンジェロと同じなのさ。君がいなければ寂しくてたまらない」

「……もう」

レアは笑顔でユーグの首に手を回した。

「ねえユーグ、明日まではあなただけのレアよ」

ロイヤルブルーの双眸がわずかに見開かれる。

「ユーグも今日は私だけのユーグになってくれる？」

ユーグも微笑んでレアの背に手を回した。

「もちろんだよ、レア」


まだ日は明るいが愛し合うのに時間は関係ない。

二人はくすくす笑い合いながらベッドに倒れ込み、互いの服をそれぞれ脱がせ合った。

ユーグがレアの柔らかな胸に顔を埋める。レアもユーグの頭を抱き締め、さらさらの黒髪の感触を楽しんだ。

「また赤ちゃんできちゃうかもね。三つ子だったらどうしよう」

「喜びが六倍になるな」

不意にエメラルドグリーンとロイヤルブルーの視線がぶつかり合う。

「どうしよう。今日すごく感じちゃいそう」

「僕もだ」

ユーグは言葉とともにレアの耳を食《は》んだ。

くすぐったいような、ゾクゾクするような感覚に、桜色の唇から吐息が漏れる。

「あっ……やんっ」

ユーグの唇は耳から首筋、首筋から再び胸の谷間まで下りていき、やがてすでにピンと立った薄紅色の頂を捉えた。

「あっ……ユーグ、そこっ……」

少し刺激を与えられると、すぐに母乳が滲《にじ》み出《で》てくる。

「こんな味なのか」

ユーグは大きな手の平で左乳房を揉みしだきながら、ちゅっちゅと音を立てて右乳房を吸った。

「あっ……あつっ……ユーグぅ……熱いっ……」

乳房の奥に凝っていた熱がユーグに吸い上げられていくのを感じる。腹の奥深いところもきゅっと疼《うず》いて、そこからも熱が液体となって下り足の間を濡らした。

「出産前より弾力があるね。それに……こんなに張って」

「そ、それは、ユーグが触ってるから……」

まだ前戯が始まったばかりだというのに、吸われている箇所だけではなく、子宮や肌が敏感に反応している。

「本当に感じやすくなっているみたいだね」

ユーグは言葉とともに吸引の力を強めた。

レアの背が一瞬弓なりに仰け反る。足がピンと伸びて爪先が反り返った。

「あっ……あっ……っ、よい……ゆー、ぐ……もっと……優し、く……」

「優しくしてもしなくても変わらないさ」

「そ、んなっ……」

レアは身を捩って快感から逃れようとしたが、腕の下から背に手を回され、ぐっと抱き寄せられたことで身動きが取れなくなってしまった。

「あっ……」

ユーグは膝でレアの足を割ると、ぐっとすでに濡れていたそこにおのれの分身を押し込んだ。

こんなに早く入れられると思っていなかったので焦る。

「ま、まっ……ゆ、ユーグ……どうし」

「……ごめん、レア。もう、早く君の中に入りたくてたまらない」

ユーグは熱っぽい目でレアを見下ろしながら、ぐっと腰に力を込め隘路を押し広げていった。

「あ……あっ」

ゆっくりとした動きだった。それだけにユーグの雄の証の大きさ、かたさ、熱さをまざまざと感じてしまう。

体の奥深いところがユーグを求め、誘い込むかのように蜜を滾々と分泌する。

「ゆー、ぐぅ……」

気が付くとレアは涙を浮かべていた。

「……レア」

ユーグが途中で腰を止めレアの涙を吸い取る。

「久しぶりだからかな。……すごく、気持ちいい。意識が、飛びそうだ」

「わ、わたしも……あっ」

再開された挿入に隘路の内壁を擦られ、体内はトロトロに溶けそうなのに、背筋はゾクゾクとしている。

相反する感覚にレアが混乱する間に、ユーグは最奥まで肉の杭を押し込んでしまった。

「……っ」

深い箇所を突かれて声を失う。続いて繰り返し腰を突き上げられると、鼻に掛かった甘い喘ぎ声がわずかに開いた唇から漏れ出た。

「あっ……ユーグ……好き」

大好きと何度も途切れ途切れに囁く。

「レア、僕もだ」

ユーグの額にも汗が浮いている。

「あっ……奥っ……当たって……」

「レアはここが弱かったな」

狙ったように切っ先でそこを抉られ、レアは堪えきれずに大粒の涙を頬にポロポロ溢《こぼ》した。

「あっ……あっ……あああっ……」

すかさずユーグが嬌声を上げる唇を塞ぐ。

「ん……んん……」

快感を逃せなくなり熱が体のうちに溜《た》まっていく。

レアを翻弄するユーグの肉体も同じように火照り、腰と腰がぶつかり合うたびに互いの熱で溶けてしまいそうだった。

「んっ……んっ……んああ……」

ユーグが唇を離したタイミングで体がビクビクと痙攣する。

するとユーグがレアの腰に手を回してぐっと体を密着させた。

ふるふる揺れる乳房が厚い胸板に押し潰される。

「あっ……」

レアは再び背を弓なりに仰け反らせた。

「くっ……」

ユーグも凜々しい美貌を歪める。同時に、レアの体の奥深くに灼熱の飛沫が放たれた。

「あ……ユーグ……」

レアはユーグに与えられる愛情と劣情を受け止めながら、遠くなりゆく意識の中でこれからの人生をユーグと過ごせることに感謝した。


まだ日中なので一戦交えたあとでも、意識は明瞭で眠気はまったくない。

二人は久々の情交の余韻を感じながら、ベッドの上で気怠《けだる》く幸福な一時を堪能していた。

「ユーグがお休みの日には朝からこうするのもいいかもね」

「僕もそう考えていた」

レアはユーグの答えに「もう、ユーグったら」と笑い、襲うように抱き付いてキスをして、ユーグを見下ろしたままふと真顔になった。

「レア、どうしたんだい？」

「う……ん。ユーグにジャンヌが皇室にかけた呪いのことは話したでしょう」

「心から愛し合わなければ子が決してできない」――この呪いは特に王侯貴族にとっては相当厳しい。

どうしても政略結婚が多くなる上に、互いが好みのタイプだとも限らない。敵国から妃を迎えようものなら、険悪な仲になることも少なくないだろう。

それでも健康で出産可能年齢の男女がいさえすれば、憎み合っていようが体の相性が最悪だろうが、枕を交わしてしまいさえすればなんとかなる。そのうち女が孕んで、月満ちて子が生まれる。

そうした営みで辛うじて成り立ってきたのに、そこに「愛し合っていなければならない」との条件が付け加わるだけで、一気に難題中の難題になってしまうのだ。エクトール帝国の皇室になかなか子が誕生しなかったのがその証拠である。

愛妾との間にすら子がいなかったということは、皇帝は愛妾に首ったけでも愛妾はそうではなかったということなのだろう。

「お義母様に子どもができたのは、お義父様と愛し合っていたからよね」

「そうだね」

「きっとユーグの実のご両親も両思いだったからあなたと妹さんが生まれた」

「……そうか。なんだか自分の存在が愛おしくなってきたよ」

「それでよ」

レアはずずいとユーグに迫った。

「その呪いって……本当にもう解けているのかしら？」

ジャンヌがこの世から消えた時点で、解呪されたものだと思い込んでいたが、そうなった証拠も保証もどこにもない。もしや呪いはまだ続行しているのではないか。

「私たちは愛し合っていたから子どもが生まれただけじゃないの？　だったら、全然問題は解決していないんじゃ……」

「……」

ユーグはくすりと笑ってレアを抱き寄せた。

「心から愛し合っていればいいんだろう？　簡単じゃないけど、難しくもないんじゃないか。お互い恋に落ちれば幸運だし、恋愛感情だけが愛情じゃない」

互いに敬意と思いやりを持って接する——それだけで生まれる愛があるはず。

希望はそこにあるのだとユーグは語った。

「だから、大丈夫さ。子どもたちにもそう教えていこう」

レアはユーグに抱き寄せられながら不思議だと思う。その言葉を聞いているとほっと安心し、きっと大丈夫だと思えるのだから。

枕元に置いたスノードームに目を向ける。

「……そっか。きっとこれが愛ね」

「うん、なんだい？」

「……なんでもない」

幸福に微笑んでユーグの胸に再び顔を埋め、もうしばらく午後の一時をのんびり過ごすことにしたのだった。

あとがき

はじめまして、あるいはこんにちは。東 万里央です。

このたびは「十二番目のいない子扱いの公女ですが、皇太子殿下と溺愛懐妊計画を実行します！」をお手に取っていただき、まことにありがとうございます。


この作品で個人的に好きなエピソードは幽霊城での事件。

以前地方の山奥のふる～い温泉旅館に泊まったことがあります。

二時間のミステリードラマに出てきそうな露天風呂は夜に入ると風がざわざわ、周囲の竹藪？　が不気味に揺れてそれはもう雰囲気満点でした。

後日帰ってから「あの温泉、出るって噂よ」と教えられてビックリしたのです。

幸い私は幽霊にも妖怪にも遭遇せずに済みましたが。

いや、やっぱどうせいるなら見てみたかったし、ちょっと残念だったかな？（笑）

その時のビックリを膨らませて書いてみたのですがいかがだったでしょうか。

続いて気に入っているのがアンジェロと鬼コーチシャルロットさんのダイエット秘話。

実は私は太りやすく年に一度はダイエットに励んでいます。

毎年エアロバイクだのクロストレーナーだのウォーキングだの、より効果的な方法を求めて変えて幾星霜。

去年はＹｏｕＴｕｂｅの動画にあった室内で踊れる謎のダイエットダンスだったかな……。

そして今年はネットで見つけた「ダイエットの有酸素運動には縄跳びがお勧め！」との記事を鵜呑みにしました。

しかしもうウン年生きてきて自分の性格はよ～くわかっているので、高いものを買って三日坊主になるよりは……と百円ショップで縄跳びを購入。

やってみてわかったんですが、縄跳びって結構体力を使う！

これでもはるか昔子どもだった頃には持久力だけは結構ありました。

小学校の縄跳び大会（引っかかるまでやり続け、最後まで残った人が優勝という地獄の競技）では十位くらいになっていたのです。

しかし現在はちょっとやっただけでゼーゼーハーハーですよ。

あの持久力は持久力そのものではなく若さだったのか……と泣けました。

投資額が百円ですんでよかったよかった。

というわけで、皆様の予想通りの結果になりました。

そんな自分があまりに情けなかったので代わりにアンジェロに頑張ってもらったと。

さて次はどんなダイエット方法を試しましょうか（笑）

最後に担当編集者様。いつも適切なアドバイスをありがとうございます。おかげさまで今回も無事仕上げることができました。

表紙と挿絵を描いてくださったなおやみか先生。かっこいいユーグと可愛いレアを描いていただきありがとうございます。イラストのレアの表情がどれも生き生きしていて素敵でした！

また、デザイナー様、校正様他、この作品を出版するにあたり、お世話になったすべての皆様に御礼申し上げます。

気が付けばもう一年の半分近くが終わっており、今年もあっという間だなあとしみじみしつつ……それでは、またいつかどこかでお会いできますように！

東 万里央

蜜猫 Mitsuneko Label

蜜猫文庫をお買い上げいただきありがとうございます。
この作品を読んでのご意見・ご感想をお聞かせください。
あて先は下記の通りです。

〒102-0075 東京都千代田区三番町8番地1三番町東急ビル6F
(株)竹書房　蜜猫文庫編集部
東 万里央先生 / なおやみか先生

十二番目のいない子扱いの公女ですが、皇太子殿下と溺愛懐妊計画を実行します！

2024年7月1日　初版第1刷発行

著　者　東 万里央
発行所　株式会社竹書房
〒102-0075
東京都千代田区三番町8番地1三番町東急ビル6F
email : info@takeshobo.co.jp
https://www.takeshobo.co.jp
デザイン　antenna
印刷所　中央精版印刷株式会社

人嫌い公爵の
溺愛花嫁
没落令嬢の幸せな結婚
すずね凜
Illustration 氷堂れん
あなたを守るためなら、
私はなんでもする
没落した伯爵令嬢イェルダは王命により結婚する事となり、戦争で顔に傷を負っているが美貌の公爵アウレリウスの妻となった。捕虜になっていた事が原因で人間不信になり屋敷に閉じこもっていた彼だったがイェルダとの温かい交流で再び人を信じるようになっていく。「いつの間にか、あなたを心から愛していた」彼から溺愛され甘い蜜月が過ぎていく。そんなある日、アウレリウスを逆恨みしていた男にイェルダが誘拐されて—!?
蜜猫文庫